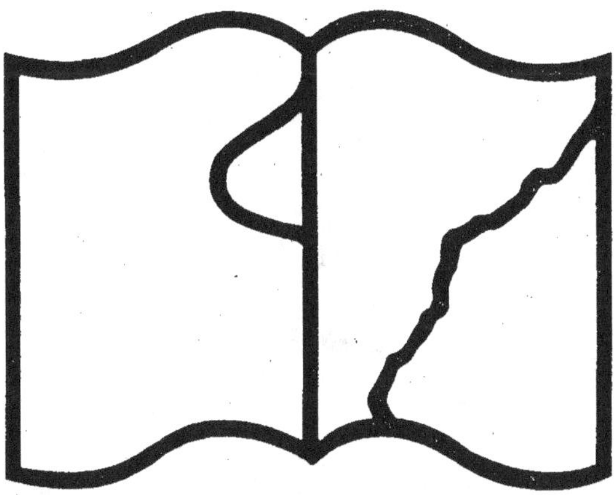

(FEUILLETON N° 1).

LA FEMME AUX DEUX MARIS

PAR

AUGUSTE GEOFFROY

Il a fallu une époque aussi troublée que celle des guerres européennes du commencement de ce siècle pour que la dramatique histoire, l'histoire féconde en enseignements qui va suivre et que l'auteur a recueillie de la bouche même des derniers survivants de la famille ait pu se produire.

Alors tous les hommes valides étaient soldats ; ils partaient au hasard des combats et pas un château, pas une chaumière qui n'eût sur le champ de bataille des cadavres à pleurer ou des héros à acclamer. Les communications étaient longues, difficiles, et beaucoup écrasés par la mitraille, perdus en captivité disparaissaient sans que jamais l'on sût pertinemment quel avait été leur sort ; les actes de l'état-civil, en fait de gens de guerre, étaient tenus d'après les récits des camarades, récits presque toujours vrais quand ils parlaient de mort et souvent exagérés quand ils parlaient de croix et de grosses épaulettes. On ne voyait pas beaucoup de garçons d'écurie revenir généraux mais par contre il y avait beaucoup de généraux qui ne revenaient jamais.

L'administration militaire, aux heures d'hécatombes, en terre étrangère surtout, ne prenait point le temps d'écrire à chaque famille de défunt ; dix mille secrétaires n'y eussent point suffi : elle se contentait de mentionner, dans des petits bulletins officiels hebdomadaires, la disparition des chefs de corps, l'anéantissement de tel escadron, de telle compagnie.

Maintenant qu'existent les chemins de fer, le télégraphe, les bateaux à vapeur, que chaque chose est réglée, ordonnée, précisée dans les vingt-quatre heures, on ne peut se figurer comme tout marchait encore à la bonne franquette il n'y a pas même cent ans, au temps des diligences, des culottes courtes et des bonnets de coton.

Ce qui est arrivé pour les personnages de notre histoire est probablement arrivé à cent autres, mais le souvenir n'en a pas été gardé et ainsi, avec la narration de passionnantes aventures, ont été perdues de précieuses leçons.

L'année exacte où commence notre récit est 1805.

Nous sommes en pleine gloire impériale.

L'homme étrange dont le merveilleux génie doit pendant quelques années éblouir l'Europe, vient de poser sur son front la couronne de Charlemagne. La France toujours prodigue et folle quand on lui parle drapeau, épées, patrie suit enivrée l'auréole du conquérant, elle marche de capitales en capitales au pas de sa botte éperonnée sans lui marchander ni son or, ni son sang.

Tremblants, anéantis, les peuples regardent et attendent ; ils amassent pour plus tard des haines féroces, ils préparent des représailles futures égales à leur actuel abaissement.

La récolte avait été bonne en Champagne et le village de Monticourt s'apprêtait à célébrer dignement sa fête patronale, la Saint-Martin, fête oubliée depuis nombre d'années et remplacée par des mascarades de Cérès et de Bacchus triomphants.

Ce n'est point cependant que les gens de Monticourt fussent bien partisans de modifications aux anciens usages, de renversement en [illegible] concernait ce que leurs ancêtres [illegible] trouvé agréable, juste ou bon ; ils avai[illegible] conservé leur vieux curé, l'abbé [illegible] mais ils avaient pendant une dizaine [illegible] fait quelques concessions à l'[illegible] temps et laissé de côté la fête [illegible].

Aujourd'hui [illegible] la reprenait.

Dès la veille [illegible] soir tout était prêt.

Les garçons [illegible] ient été couper au bois des bouquets [illegible] genévriers qui se balançaient [illegible] aux portes ou au faîte des chaumières [illegible] les filles donnaient aux robes neuves [illegible] coiffes, aux fichus les derniers coups [illegible] de ou de fer ; essayaient ces splendeurs [illegible] aux éclats, assurées d'avance [illegible] produire leur effet le lendemain. Dans les caves, les pères soutiraient quelques bouteilles du fameux vin de l'année [illegible] à la cuisine mères et grand-mères [illegible] arrondissaient, en longs boudins, [illegible] du porc infortuné (il faut [illegible] au milieu de toutes les joies [illegible] d'égorger.

Un regain [illegible] se joignait cette année-là aux préparatifs ordinaires ; les dépenses [illegible] de chacun s'en trouvaient [illegible] et par cela même la joie augm[illegible] La châtelaine, Mme de Monticourt [illegible] seulement de rentrer de l'émigration [illegible] sa fille, et heureuse de se retrouver [illegible] les siens, la généreuse femme, [illegible] cependant, avait fait dis[illegible] rares louis retrouvés au fond de ses [illegible].

Favorisée [illegible] ciel clair, une bise sèche et [illegible] fête s'annonça comme devant [illegible] pour la saison : on eût dit [illegible] en se reculant un peu, voi[illegible] retour de jours meilleurs.

Monticourt [illegible] ainsi que la plupart des villages [illegible] à la lisière de forêts [illegible] territoire varié en production [illegible] divisé également. Chacun y possédait quelques journaux de grosses terres labourables, jaunes et humides, un bout de pré pour la vache et trois ou quatre parcelles de vigne dans le coteau. La commune fournissait au chauffage des familles avec ses coupes d'affouage. Une vieille église brûlée sous la Réforme, une sombre et vaste maison de chasse bâtie par les Guise et décorée du nom de château, quelques rues à coins et recoins, bordées de maisons de bois sur la chaussée desquelles tranchaient les zig-zags des poutres, des toits de tuile avec le pot de terre renversé au faîte, à la base d'épais fumiers : voilà Monticourt, le modeste théâtre de notre récit.

Personne n'y était pauvre, et quoique nombreuses les familles avaient le nécessaire pour leurs enfants. Seuls de malheureux infirmes, tant de Monticourt que des villages voisins, autorisés à cela par des habitudes légendaires, heurtaient aux portes à jours fixes, bourdonnant leur prière, tête nue, le havre-sac de toile blanche ouvert et le vieux bonnet de tricot à la main.

Au premier coup de cloche les jeunes hommes, dont l'un portait *le saint* au bout d'un bâton enrubanné, sortirent de la maison commune, escortés du Maire en écharpe et du Conseil Municipal. La masse des cultivateurs et des vignerons suivait, éparpillée et lentement. Les ménagères donnèrent une dernière poignée de fourrage au bétail, rechargèrent le feu et fermèrent les portes. Petits garçons et petites filles se tenaient raides et majestueux dans leurs habits du dimanche.

La foule débouchant de tous côtés presque au même instant, à la dernière minute, en gens qui ont toujours à faire, se dirigeait invariablement vers le porche du petit édifice lézardé que dominait le coq traditionnel, immobile et rouillé. Derrière les arrivants, le village demeurait silencieux et désert.

Les hommes emplirent petit à petit la nef ; les femmes restèrent sous les cordes du carillon, autour de la grille du sépulcre, ou dans les bas-côtés. Un murmure indéfinissable de pas étouffés, de froissements d'étoffes, de parlers contenus, comme l'ensemble des joies diverses cachées au fond des pensées et qui allaient éclater tout à l'heure, la bonne odeur de lavande que transpire le linge campagnard, des éclairs de cierges s'allumant et des heurtements de hallebarde animaient d'une sorte de vie réelle les arceaux surbaissés, les murs verdis, les vitraux en ogive troués et rapiécés.

A sa place chacun, plongé dans un silence anormal et forcé à la réflexion, laissait aller sa pensée au gré du hasard, de la perspective ou de ses rêves. Près des fonts baptismaux, les uns songeaient à leur jeunesse, à leurs enfants ; le pied sur les dalles funéraires, les autres ressuscitaient pour un instant les morts enfouis et disparus.

Au moment où le vieux curé trébuchant et courbé montait, le calice à la main, les degrés de l'autel, il se produisit un léger brouhaha. Large ouverte, la porte se referma lourdement, et Mme de Monticourt se dirigea vers le banc réservé, dit seigneurial ; seule coutume ancienne, seule faveur restée debout au milieu de l'éternelle disparition de tant d'usages séculaires.

Maigre, ridée, affaiblie avant l'âge, la châtelaine gardait une figure noble et douce. Une âme forte animait cette enveloppe débile ; le malheur n'avait point eu raison de ce cœur aimant, de cette foi sereine. L'humilité et la charité marquaient l'allure ; la race se sentait malgré la simplicité du costume. Deux jeunes filles l'accompagnaient. L'une blonde, sévère, drapée dans des vêtements de deuil qui semblaient devoir être éternels tant ils alment à l'ensemble de sa personne. C'était Mlle Renée de Monticourt : nature d'élite, intelligence supérieure, résumé pour ainsi dire des qualités d'une famille qui devait s'éteindre avec elle. Son affection pour sa mère la faisait se dévouer à elle entièrement, mener par avance la vie de recluse qui serait la sienne quand Dieu aurait rappelé à lui la douairière de Monticourt. L'autre brune, vive, charmante avec ses boucles noires rebelles et ses grands yeux veloutés, élégante, distinguée même jusqu'à un certain point était simplement Hélène Mathieu, la fille au père Mathieu, le gros cultivateur de l'écart de La Chesnaie.

Quand la Révolution avait éclaté forçant Mme de Monticourt à suivre à l'étranger son mari et ses frères, la mère d'Hélène était une jeune femme sémillante et belle comme l'était actuellement sa fille. Mais la mort ne s'arrête à aucune considération, elle ne pèse ni fortune, ni talent, ni jeunesse, ni beauté, elle va où Dieu lui dit d'aller et elle frappe.

Dans une chasse au sanglier menée par les brillants écuyers du château, le cheval de M. de Monticourt, blessé et rendu furieux par la peur, avait renversé et tué la jolie fermière que les mauvaises langues accusaient de se trouver toujours du côté du luxe et du bruit, petit papillon attiré par la trompeuse lueur du flambeau qui doit lui brûler les ailes.

Mme de Monticourt s'était crue obligée de servir de mère à l'orpheline et jamais devoir ne fût mieux rempli.

Hélène suivit les Monticourt en Allemagne, en Russie, partagea les leçons de Mlle Renée et acquit rapidement, grâce à d'excellentes dispositions natives, une distinction de manières, une délicatesse de goûts au-dessus de sa condition originelle.

Le père Mathieu, veuf et absorbé par d'autres soucis, l'avait laissé partir du logis *pour son bonheur*, croyant agir sagement et alors qu'il eût peut-être mieux fait de la garder auprès de lui.

L'abbé Bertrand psalmodia longuement; redit avec larmes le bonheur qui inondait son cœur en retrouvant, après l'éclipse des jours sombres, et son saint Martin glorifié et ses paroissiens joyeux comme ils ne l'avaient été depuis longtemps, avec le soleil et la récolte qui s'étaient mis de la partie. Puis le sacrifice continua au milieu des naïfs refrains des fillettes, pendant que le calice et la tête blanche dominant la chasuble rouge disparaissaient dans un nuage d'encens. D'un côté se distribuait le pain bénit et de l'autre la crosse du bedeau annonçait la bourse de Mlle Mathieu. Hélène, gracieuse, légèrement fière de cette fierté involontaire de petite paysanne qui revient presque dame au village, passait au milieu des groupes ébahis. On l'admirait et on l'enviait. Son père qui venait de déposer son écu de six livres était transfiguré par l'orgueil et promenait sur le vulgaire un regard triomphant.

Au sortir de l'église, pendant que les fusils pétaradaient annonçant belliqueusement (tout le monde était guerrier à cette époque et le plus humble hameau abritait des héros passés ou futurs) la fête profane et le commencement des ripailles, la quêteuse salua MMmes de Monticourt et prenant le bras de Mathieu s'éloigna doucement avec lui dans la direction de La Chesnaie.

II

Durcie par la gelée, la terre résonnait sous les pieds; les corbeaux voletaient sur la route ou se perchaient sur les platanes dépouillés; les chaumes givreux brillaient au loin.

Çà et là des bonnets blancs, des châles jaunes, des tabliers verts tachaient l'horizon de petits points multicolores et disparates qui se mouvaient avec rapidité, se rapprochant ou s'éloignant. Chaque habitant de maison isolée regagnait sa demeure, le cœur content et l'appétit ouvert. On était encore il est vrai à cette époque qui s'appelle, mieux que jamais, le *bon vieux temps*. Le village était le village, le progrès avec ses bruits et ses crimes de lèse-nature n'y avait point encore tout attristé, disons le mot, tout corrompu. Les jeunes hommes aimaient le pays, ils n'eussent point songé à le quitter, y plaçant leurs affections et y trouvant l'horizon assez vaste pour leurs rêves les plus ambitieux. Les vieillards s'endormaient doucement avec leurs croyances. Les diverses familles n'en formaient en réalité qu'une seule grande par les alliances diverses qui les réunissaient, le moindre événement touchait chacun et était pour la collectivité une cause de joie ou un sujet de larmes. La fête patronale était donc chose si grave pour des gens habitués au calme quotidien que personne ne se fût permis d'y manquer. Les plus anciennes commères et les vétérans des armées de Louis XV avaient sorti du fond des armoires leurs atours les plus pittoresques, de là cette variété inusitée dans les costumes et cet ahurissement dans les personnes.

Sur le passage de Mathieu, accompagné de sa fille les chapeaux se soulevaient, les têtes des femmes s'inclinaient, avec un sourire, et longtemps après qu'on les avait dépassés, les bons paysans aux vestes brunes à pans, aux culottes impossibles dont le fond inénarrable battait presque les jarrets, se détournaient, en marmottant pour jeter des regards furtifs pendant que leurs mains économes pressaient avec conviction et amour les gigantesques parapluies de colonnade placés le bout en l'air.

— J'ai rarement été aussi heureux qu'aujourd'hui fillette, dit le père Mathieu, alors qu'ils enfilaient l'étroit sentier conduisant directement à La Chesnaie. Que pourrais-je désirer par le fait? Tu est pleine de santé, jolie ma foi! savante dit-on et riche pour le pays, ce qui n'a jamais rien gâté et ce que je puis t'assurer confidentiellement. Depuis quinze ans j'ai pioché ferme à ton intention, et malgré la guerre, les accapareurs, les blocus, les troubles divers j'ai ramassé quelques sous; tu as de l'avoir au soleil. Il était naturel du reste que, ta mère morte, je reportasse sur toi, ma seule affection au monde, mes soucis et mes espoirs. Tu es bonne, quoique demoiselle tu ne dédaignes pas ton rustre de père; tu feras une excellente femme, une charmante petite maman, et je crois que bientôt je vais retourner dénicher les merles avec mes polissons *de fieux*. Ah! ah! ah!

— Oh! père, je vous en prie, répondit Hélène en souriant, n'allez pas si vite, nous n'en sommes pas encore là. Ne suis-je pas toujours, vous le disiez vous-même il n'y a qu'un instant encore, fillette?

— Fillette? Pardieu tu le seras toujours pour moi qui t'ai portée dans mes bras et donné ce nom de baptême à mon usage personnel. Car le grison de maintenant t'a bercée souvent et longtemps dans les interminables nuits d'hiver, il te chantait des Noëls d'une voix si douce qu'elle te faisait peur et il te mettait camisoles, robes et bas à l'envers. A mes yeux tu est restée la mignonne de jadis, personne ne se résigne à vieillir et on se rajeunit en paroles pour se faire illusion. Tu es fillette pour ton père, mais non pas une fillette pour les autres. Demande plutôt aux gars que nous rencontrons, et dont je surprends les oillades, s'ils ne trouvent pas que tu serais en âge de faire un solide brin de femme? Tu vas me dire que cela ne les regarde pas; que ma gentille Hélène n'a pas été dorlotée pour des *paours*? Tu aurais raison. Autant mettre une frêle et tremblante hirondelle entre les pattes de mon chien Finaud. Mais, patience, nous trouverons mieux que cela, si je m'en mêle. Je crois même avoir mon affaire.

— Pardon, père, il me semble que je dois être pour quelque chose dans la consultation! Ne suis-je pas la principale intéressée? Laissons donc tout cela, je vous en prie. A demain les projets et les causeries sérieuses. Aujourd'hui je veux rire et chanter; je suis à vous, rien qu'à vous, n'aime que vous, et je vais redevenir, pour quelques heures au moins, la fillette de La Chesnaie, la gamine d'il y a dix ans.

— Tout ce que tu voudras mon enfant. Ce que j'en dis c'est dans ton intérêt; je ne demande qu'à ce que tu sois heureuse, moi. J'ai mes idées mais tu as ta volonté. Je comprends que tu ne me laisses pas entrer en ligne de compte; tu as une vie entière à passer, joyeuse autant que possible, moi je suis fourbu et imbécile, arrivé au bout du sillon. Ce que tu feras sera bien fait parce que je suis sûr que tu ne feras rien que de raisonnable. Entrons.

Sous des apparences bon enfant le cher homme était profondément égoïste et roué. Il concédait et flattait, alors que dans son esprit il avait déjà arrêté pour sa fille une destinée cadrant avec ses intérêts et ses goûts exclusifs.

Les chiens de garde, entendant pousser la grille, se précipitèrent hurlant et bondissant. Sans Mathieu, ils eussent renversé la jeune maîtresse, avec leurs museaux baveux, avec leurs cabrioles, Hélène s'échappa en courant pour aller voir ses poussins et ses canetons puis baiser et caresser une belle jument blanche, cadeau de Mathieu.

Comme elle revenait vers la voûte d'entrée, elle fit un mouvement de recul involontaire et plissa le front. Elle en effet qui espérait être seule toute la journée avec son père, être traitée en véritable enfant gâtée, apercevait sur le pas de sa

(FEUILLETON N° 2).

porte deux étrangers. Mais en pleine vue, au milieu de la cour, il ne pouvait être question de se dissimuler; un peu plus tôt ou un peu plus tard, il allait falloir faire connaissance. Quelle pouvait donc être cette surprise ménagée par le père, car d'après les apparences ces deux hommes, tête nue et bavardant, étaient des invités qui n'attendaient que la cloche du dîner?

Hélène s'inclina sèchement et passa.

La Chesnaie était une vieille abbaye dont la destination avait été changée depuis un demi-siècle. Des cloîtres presqu'intacts, des sculptures, des niches, un reste de chapelle et de gros murs d'enceinte en faisaient une splendide demeure, un centre à souhait comme exploitation agricole. Les ancêtres de Mathieu l'avaient achetée pour rien et le travail acharné de trois générations l'avait embellie, aménagée, consolidée, l'environnant, ce qui était mieux encore, d'une centaine de journaux de propriétés diverses.

Ce n'était pas une fortune mais une belle aisance pour la campagne et; fille unique, Hélène Mathieu pouvait prétendre aux plus riches partis de la contrée. Malheureusement son instruction soignée, sa délicatesse de ton, d'allures, sa santé même presqu'aristocratique, lui créaient une situation fausse. Elle ne pouvait ni ne voulait s'allier à un cultivateur tel que son père; et d'autre part elle n'appartenait pas à un monde qui lui permît sagement d'espérer l'alliance d'un homme de naissance élevée.

Le sort et son cœur devaient décider. Faire le bonheur d'un jeune homme distingué, instruit, d'un garçon d'avenir sans fortune s'il s'en rencontrait par hasard sur son chemin un qu'elle aimât; tel semblait devoir être le but de son ambition pour tout esprit impartial que l'on eût consulté. Était-ce facile à trouver, réunit-on d'ordinaire les qualités de l'esprit et celles du cœur? Hélas!

Mlle Mathieu monta rapidement à sa chambrette, simple mais coquet réduit tout animé de cris d'oiseaux, tout parfumé d'arbustes d'hiver; et maussade, sentant venir pour elle la lutte contre le danger inconnu elle prit un livre et se mit à lire, jusqu'à ce qu'une volée argentine du carillon abbatial l'avertit de descendre.

Dans la vaste salle à manger carrelée, aux bahuts chargés d'assiettes de couleur et aux armoires bondées de linge, elle trouva son père avec le dos appuyé au manteau de la cheminée et flanqué de nos inconnus qui, un peu gouailleurs, lui faisaient mille politesses et paraissaient se multiplier pour lui complaire. C'étaient de petits rires approbateurs, de légers coups de poing sur les épaules, des extases à l'arrivée d'un plat ou d'une bouteille que l'on plaçait par avance sur le dressoir.

La jeune fille entrevit du premier coup le mobile qui les animait, et cette sorte de solidarité qui semblait les réunir pour l'accomplissement d'un dessein pareil lui répugna dès l'abord. Elle était une *affaire* pour eux; mais son père si simple, si bon, si attentif à lui être agréable paraissait enchanté, et la pauvre enfant se contint, éclairant aussi naturellement que possible son gracieux visage d'un mélancolique sourire.

— Hélène! s'exclama le père Mathieu, je te présente deux amis à moi, les camarades d'enfance, les gloires du canton: Marius Gérard, de Flavigny, lieutenant aux lanciers de Versailles, tu vois ce grand moustachu; et Charles Raymond, maître Raymond comme on l'appelle quand on veut le faire se rengorger, le notaire de Dammarie, un fin matois pour son âge, je t'en préviens. Mais tu as oublié depuis longtemps leurs frimousses au milieu de les marmots allemands de Posen ou avec tes camarades de jeu à Moscou. J'avais besoin de te les rappeler, car les galopins nerveux de jadis sont devenus gentils garçons tu en conviendras. Je te les présente.

— M. Mathieu, de grâce ne nous flattez pas de la sorte, car vraiment nous ne saurions plus quelle contenance garder en face de Mademoiselle, supplia le militaire tout en se dandinant.

— Toujours farceur, ce papa Mathieu, bien fol qui se fierait à ses dires ajouta sournoisement le notaire, en regardant par dessus ses lunettes bleues et en jouant négligemment avec une petite tabatière d'argent. Mademoiselle veuillez agréer nos humbles respects et recevoir surtout nos excuses de vous importuner dans un jour de fête de famille. Le seul coupable est Monsieur votre père qui veut bien nous considérer comme un peu plus que des amis ordinaires et nous a invités. Sachant trouver ici, outre bonne table et bon gîte, le plus gracieux accueil du monde, nous nous sommes laissés tenter. La plus agréable surprise nous était réservée: votre présence inattendue, hasard inappréciable.

— Les amis de mon père doivent toujours être les bienvenus pour moi, Monsieur, dit Hélène en s'asseyant.

Le dîner fut ce que sont habituellement ces repas du milieu du jour à la campagne, long et copieux. Le bonhomme Mathieu qui croyait réellement avoir fait fête à sa fille en lui amenant des invités, des jeunes hommes surtout, riait, causait et mangeait à la fois, versant des rasades de vin du cru dont les bouteilles, étiquetées d'après l'année, s'entassaient vides dans un coin, et annonçant depuis le commencement son nectar final, une bouteille de l'ancienne récolte des moines.

Toujours doucereux, Maître Raymond inventoriait le mobilier de la pièce et se faisait donner force détails sur les contenances, le rapport brut annuel, les voisinages de la propriété. Il flattait, en ressassant ces questions, la manie de Mathieu, qui sans être avare avait néanmoins du paysan cet âpre amour du sol, cet unique souci qui le fait vivre et l'encourage au milieu des plus durs labeurs, des plus amères déceptions. Parler champs du reste c'était parler de sa fille, puisque les siens devaient être sa dot et qu'il voyait son image se dessiner comme horizon et génie tutélaire de ses petites propriétés.

Marius Gérard moins positif, moins pratique, faisait *in petto* des réflexions d'un tout autre genre, lesquelles se traduisaient en regards incendiaires adressés à la jeune fille, en frisottements de moustache prolongés.

Hélène n'y prenait garde; se levant fréquemment pour le service, activant l'allure de la grosse fille de basse-cour et courant au besoin jusqu'à la cuisine, heureuse de respirer seule un moment.

Quand deux heures sonnèrent, elle prit congé et regagna le village pour entendre les vêpres. Elle y retrouva MMmes de Monticourt et au sortir de l'office, elles partirent ensemble vers le château où dans la soirée devait avoir lieu un repas de cérémonie.

A six heures, le Curé et Mathieu faisaient leur entrée, suivis du Maire le père Gosson, veuf aussi. Un jeune homme timide et embarrassé, mais de physionomie douce et agréable, bien découplé, à l'œil énergique l'accompagnait; c'était son fils unique, Félix. Gosson était le beau-frère de Mathieu et Félix par conséquent le cousin germain d'Hélène.

Une immense pièce, servant à la fois de salon, de salle à manger et de chambre à coucher pour Mme de Monticourt, réunit les convives. Des brassées de charbonnette jetées dans l'antique cheminée, réchauffaient à peine les boiseries humides aux panneaux décorés de portraits en pied, ainsi que les rideaux du monumental lit à colonnettes. La cordialité de la maîtresse de maison, la générosité, l'affection qui se retrouvaient partout, dans les prévenances, le ton, les manières, la nature des mets compensaient largement ce que les ruines et le deuil de l'émigration avaient pu apporter de gêne relative et de tristesse dans la vieille demeure.

Hélène se retrouvait elle-même, tout entière avec ses qualités et ses défauts, dans ce milieu si différent de celui de la ferme et dont elle avait subi la profonde et longue impression. Suppléant à chacun, découpant, passant les plats, allumant les flambeaux, elle était le vrai boute-en-train de la soirée, le charmant lutin qui fournissait au rire et à la causerie. M. Félix, son camarade d'enfance, était en particulier l'objet de mille attentions, de soins assidus; la distributrice lui passait sans cesse friandises, chatteries qu'elle savait être ses morceaux de prédilection; et cela en toute simplicité, comme à un garçonnet sur les genoux de sa maman.

C'est qu'aussi, après la longue et lointaine absence qu'elle avait faite, elle se rappelait avec délices les heureux jours de leurs premières années, alors que la main dans la main, ils allaient tête nue grappiller les baies rouges le long des haies, ramasser les prunes et les pêches dans les vignes, prendre les œufs dans les poulaillers et les pigeonneaux au colombier. Elle se voyait encore avec sa petite robe brune, ses mignons sabots jaunes, ses cheveux flottants; et lui n'était-ce point hier encore qu'il avait déchiré sa blouse bleue et son pantalon de velours en grimpant sur les noyers pour gauler le brou? Que de larmes quand on les avait séparés! C'est qu'aussi seuls tous deux au foyer paternel ils se servaient d'instinct l'un contre l'autre, se servant mutuellement de frère et de sœur. L'amitié d'autrefois n'était pas devenue de l'amour, ils ne s'en doutaient pas du moins, mais elle était ce qu'elle devait être fatalement : une sympathie réciproque, augmentée et des souvenirs intimes d'autrefois et des ardeurs profondes de la jeunesse d'aujourd'hui.

Quand on se retira après de terribles et savantes batailles de cartes, Mathieu promit à Mme de Monticourt de la venir revoir dans les jours suivants pour lui donner des détails nécessaires sur ses intérêts en souffrance et lui demander par contre ses bons conseils sur une foule de choses capitales pour lui.

Il fut non seulement remercié de son affectueuse intention, mais prié de venir sans façon chaque fois que nécessité serait, avec l'assurance de ne jamais importuner.

III

L'été de la Saint-Martin ne fut que la dernière lueur d'un flambeau qui s'éteint, une éclaircie d'un jour dans un ciel d'orage ; aussi le jeudi suivant, alors que Mathieu se dirigeait de La Chesnaie vers le château de Monticourt, le vent soufflait-il à décorner des bœufs, plaquant çà et là par instants des flocons de neige glacée, les premiers papillons d'hiver. Il n'y avait plus personne dans les champs, mais les fléaux battaient dans les granges, les vaches beuglaient tristement au fond des étables et chaque toit laissait échapper son petit panache de fumée.

Le bonhomme marchait la tête en avant, luttant contre la tourmente et répondant à peine aux bonjours. Il calculait sur ses doigts par instants, pour replonger vivement à d'autres moments ses mains dans le fond de ses poches. Il ne paraissait pas triste néanmoins, mais seulement absorbé par d'importants calculs et de lointaines contemplations. De vagues sourires entrouvraient même parfois sa bouche aux lèvres épaisses.

Il monta lentement les marches du perron, sonna la cloche et fut tout de suite introduit auprès de la châtelaine qui feuilletait et recopiait les comptes arriérés de son registre. Elle le fit s'asseoir près d'elle et lui soumit les difficultés les plus urgentes et les plus considérables.

Mathieu élucida les points obscurs, rectifia les chiffres, répara les oublis avec une mémoire extraordinaire, la mémoire des gens qui vivent quotidiennement dans un milieu d'intérêts grossiers, de mille riens sans valeur réelle, mais qui ont une valeur considérable à leur yeux. Il rappela les coupes de bois omises, évalua les réparations faites, indiqua ce que les mauvais jours lui avaient permis de gérer sous-main et ce qu'ils l'avaient forcé de négliger dans l'intérêt des Monticourt. Il montra en un mot que s'il avait de la reconnaissance à garder envers la châtelaine pour les soins excellents donnés à sa fille, elle de son côté par contre n'avait point eu affaire à un mauvais serviteur, à un représentant infidèle, mais à un homme droit, intelligent, sainement appréciateur de ce que l'on faisait pour lui et le rendant dans la mesure du possible.

Madame de Monticourt dont la grandeur d'âme et la largesse de vues se soumettaient avec peine à des calculs mesquins avait hâte d'en finir, dût-elle ne constater que superficiellement l'état de ses créances. Après tout les habitants de Monticourt étaient un peu ses enfants, et ce qu'elle ne leur réclamerait pas, elle le leur donnait d'avance. Mathieu, qui ne l'entendait pas précisément de cette oreille-là, eût voulu relever le droit et avoir à un liard près, aussi bien pour faire briller ses capacités et l'intégrité de sa gestion que par esprit d'exactitude et rapacité native, mais il fut obligé de se soumettre à des vues généreuses contre lesquelles ils s'insurgea vainement.

— Maintenant, M. Mathieu, dit en se rapprochant du feu l'excellente femme, en quoi puis-je vous être utile ? Je suis votre obligée, absolument votre obligée, nous venons d'en avoir la preuve, disposez donc de moi, ne craignez point de m'importuner et demandez hardiment.

— Madame est trop bonne, répondit le cultivateur en s'inclinant ; je n'ai fait que mon strict devoir d'honnête homme d'abord ainsi que de serviteur dévoué et reconnaissant de la famille, ensuite : Madame a tant fait pour la petite ! Et tenez, justement c'est d'elle que je voulais vous parler, car elle m'occupe bien et votre expérience m'éclairera sur ses intérêts véritables.

— Je me doutais un peu qu'Hélène serait pour quelque chose dans ces affaires importantes sur lesquelles vous vouliez me consulter, M. Mathieu. Du reste n'est-elle pas votre seul souci, le but de vos démarches, la raison de vos économies, la consolation de vos travaux ?

Eh bien ! Madame, la fillette est devenue une grande, belle et bonne fille, soit dit sans aucun amour-propre, car du reste la plus large part de ce qu'elle est vous revient. Je me fais vieux, j'ai eu des malheurs, j'ai souffert et peiné dans ma vie, et je serais désireux, maintenant que la voilà revenue pour toujours j'imagine auprès de moi, de la voir se fixer et me donner des marmots à chérir, bercer, promener. C'est naturel, légitime n'est-ce pas ? Et ce serait ma meilleure récompense de ce que j'ai pu faire pour elle.

— Je vous comprends, M. Mathieu, mais la solution à donner à ce problème de famille n'est pas urgente ; il faut prendre le temps d'y réfléchir mûrement pour arriver à un résultat qui satisfera tout le monde. C'est toujours chose grave que le mariage et je trouve pour ma part qu'on s'engage souvent bien à la légère dans cette voie de devoir et de sacrifices. Je connais Hélène comme si j'étais sa mère, c'est une nature généreuse, ardente, mais fière, emportée, tenace. Elle n'est pas susceptible de prendre les choses comme elles arrivent, de laisser aller son existence au gré des événements sans réagir dans un sens ou dans un autre, ce qui est le lot habituel de beaucoup de femmes ordinaires qui s'annihilent dans le mariage ; tout ou rien pour elle. Elle sera ou complètement heureuse ou affreusement malheureuse en ménage, selon l'époux qu'elle aura. Il ne faudrait donc pas, à mon avis, qu'elle acceptât mais bien qu'elle choisît un époux, celui que lui indiquerait son sûr instinct de femme intelligente. Car il ne faut pas se dissimuler non plus que son éducation, ses goûts actuels, son aisance, la placent dans des conditions particulières qu'il serait imprudent et cruel de changer de fond en comble. Pour moi, elle est difficile, très difficile à marier, et c'est ce qui me faisait vous dire, au commencement de notre entretien, que vous aviez le temps d'y songer.

— J'ai pesé le pour et le contre de tout cela, Madame, car quoique vulgaire paysan, nature grossière, je saisis cependant les nuances qui séparent maintenant ma fille de son milieu ordinaire. Aussi ne voudrais-je pas lui imposer un mari qui lui déplût, quelque brutal, quelque débauché, ni même un homme des champs comme moi. Elle choisira, mais je serais heureux qu'elle se décidât promptement en jetant un coup d'œil appréciateur sur les futurs gendres que je pourrais lui présenter.

— Avez-vous quelqu'un en vue ?

— Je répète que je ne veux pas la presser, ni l'influencer en rien. Cependant je lui ai fait renouveler connaissance l'autre jour avec deux camarades d'enfance qui seraient des maris à souhait : Maître Raymond et le lieutenant Gérard. Peut-être ferait-elle sagement de ne pas chercher si loin, ce sont des gens du pays, on les peut juger, et prendre l'un ou l'autre au choix ne serait pas je crois une mauvaise affaire. Surtout qu'ils ne demandent qu'à être agréés.

— Je ne connais ces prétendants que par ouï dire. L'un, Maître Raymond est riche et habitera toujours la contrée ; l'autre n'a pas de fortune mais a de l'avenir par le temps de guerres qui court, il est vrai qu'il s'éloignera et emmènera sa femme ou peut-être même la laissera veuve. Maintenant je trouve que l'un et l'autre se sont décidés bien promptement puisqu'Hélène, pour ainsi dire oubliée à Monticourt, vient seulement d'y rentrer et qu'ils n'ont pas eu le temps matériel pour la juger, la connaître, l'aimer. Je craindrais que pour l'un comme pour l'autre, le mariage ne fût qu'une pure question d'argent, où la femme avec ses qualités n'entrât pour rien.

« Or puisqu'il s'agit d'Hélène, c'est tout autrement qu'il faut envisager la situation. Le bel avoir gagné par vous et les vôtres n'est certes point à dédaigner, mais je prétends qu'avec ses qualités personnelles seules elle serait encore une femme fort désirable. Au moins faut-il les faire entrer en ligne de compte et pour cela tout esprit judicieux, tout cœur élevé demandera le temps et la mise à l'épreuve. De plus elle-même doit être appelée aussi à estimer pour ses qualités d'esprit et de cœur son futur époux, et quoique l'on parle parfois du coup de foudre, l'amour vrai ne naît point cependant à mon avis en un jour. Il résulte de la foi profonde que l'on a dans les qualités d'âme de l'un et de l'autre. Hors de là rien de sincère, de durable. Et sur ce chapitre les têtes de jeunes filles se font un idéal qui est toujours exact parce qu'il est pur ; si elles se trompent dans le détail, sur l'accessoire, la beauté physique, l'éloquence passagère, si elles exagèrent ou rapetissent les proportions de l'idole, à nous gens d'expérience de les guider ; mais ne les heurtons jamais de front et surtout dans cette matière si délicate ne leur imposons pas nos goûts vieillis, nos préférences souvent égoïstes.

« Ceci dit, je sais la respectueuse tendresse d'Hélène pour son père. Elle fera ce que vous voudrez, contrairement à son propre sentiment, heureuse si elle vous voit heureux, s'en remettant à votre sagesse et à votre affection. Je l'ai habituée à cette vénération du chef de famille que Dieu lui-même nous a prescrite d'une manière formelle, elle ne faillira pas à son devoir, je ne le crois pas. A vous M. Mathieu de la placer dans des conditions normales, de ne pas abuser de votre autorité pour l'entraîner à des vues absolument personnelles. Agissez pour le mieux, ou encore plutôt il serait mieux de la laisser agir.

« Si Hélène me consulte, je lui dirai tout ce que ma conscience et mon cœur me dicteront dans son véritable intérêt. »

— Nous avons du temps devant nous en effet, Madame, et je n'ai point un caractère assez despotique pour contrarier ma chère enfant. Je lui dirai : voilà et voilà. Choisis ou ne choisis pas, fais comme tu voudras, cependant j'aimerais mieux que tu choisisses. Je serais heureux surtout, en la voyant mariée à sa convenance, d'avoir un gendre qui ne dédaignât pas le père Mathieu, et les deux jeunes hommes en question, simples, familiers, fils de paysans quoiqu'arrivés à de belles positions, me semblaient réunir, soit l'un, soit l'autre, toutes les qualités désirables. Je me trompe peut-être, mais cependant...

— Je vois, M. Mathieu, que vous n'abandonnez pas facilement vos protégés. Quand on vous a plu vous restez fidèle, et c'est une qualité qui vous honore. En résumé, vous de votre côté et moi du mien, nous n'avons qu'un but le bonheur de cette chère Hélène. Faisons tout pour cela et nous y arriverons je l'espère, avec son concours cependant.

« A bientôt, M. Mathieu, à bientôt ! »

Et la vieille dame, saluant de la main son visiteur, se disposa à partir pour l'église où elle faisait une longue station quotidienne.

Le bonhomme Mathieu s'en alla de son côté à demi satisfait. Il croyait, en venant, trouver la châtelaine plus disposée à entrer dans ses vues, plus enthousiaste pour le seconder ; il était tellement convaincu de son jugement, si satisfait de sa découverte ! Cet officier et ce notaire, mais c'était pour lui l'idéal demandé ! Comme alliance son ambition de paysan n'allait pas plus loin ; son horizon n'embrassait pas de plus brillants espaces que des panonceaux ou des épaulettes. Sa fille devait être séduite puisqu'il l'était et chacun sait que de la séduction du cœur au mariage il n'y a qu'un pas.

Et diable ! voilà que ça ne semblait pas marcher sur des roulettes. On allait voir ça.

Il ne savait pas non plus, le naïf, qu'en fait d'amour toutes les femmes se liguent et s'entraident, que si sainte, si noble, si bonne que fût Mme de Monticourt, elle avait dû cependant comme femme défendre le cœur de l'absente contre des entreprises ne correspondant pas peut-être, probablement même, à ses sentiments secrets et poser des réserves en sa faveur, lui ménager une retraite, en attendant qu'elle pût l'avertir directement.

De plus il ne pouvait deviner l'égoïsme, un imperceptible et presque pardonnable égoïsme chez l'excellente femme qui ne s'en doutait pas sans doute. *Le moi* ne gâte-t-il pas les meilleures choses dans notre monde imparfait ! Egoïsme qui lui faisait désirer la continuelle présence de cette enfant qu'elle gardait à ses côtés depuis tant d'années et dont il faudrait se séparer, quand un mari lui prenant presque tout son cœur l'aurait entraînée bien loin vers le domicile conjugal.

Il se demandait donc, tout en marchant dans la neige à travers l'obscurité, comment il allait faire pour vaincre les résistances, surmonter les obstacles, tourner les difficultés, anéantir les objections et il se promettait par devers lui d'user de sa plus prudente circonspection, de déployer sa diplomatie la plus fine, ses talents de ruse paysanne les plus cachés. Car il se l'était mis dans la tête, il fallait que sa fille se mariât ! et tout en protestant de son ferme désir de lui être agréable, de ses intentions expresses de la laisser libre, il ne comprenait pas qu'on pût voir autrement que lui, il ne soupçonnait pas que sa fille, son sang, pût résister aux attraits qui l'avaient séduit.

La nuit était complètement venue, les chiens hurlaient au loin dans la campagne, les valets de culture préparaient la litière des animaux. Mathieu monta immédiatement dans la chambre de sa fille ; il voulait en avoir le cœur net et préférait brusquer les événements.

— Madame de Monticourt t'embrasse bien fort, dit-il en entrant, et tiens je t'embrasse pour elle, fillette !

— Je vous remercie père, répondit la jeune fille, debout et lui rendant son baiser. Comment se porte-t-elle aujourd'hui ? Et quoi de nouveau ?

— Mme de Monticourt, ainsi que Mlle Renée vont aussi bien que possible. Quant au nouveau il n'y a rien, ou si il y a quelque chose, si l'on veut. Nous avons réglé les arriérés de la propriété. Il y en avait de ces petites créances, de ces graillons d'avant la Terreur. Madame est trop large dans sa manière de faire ; on dirait qu'elle est encore riche et cependant la pauvre chère a diablement perdu malgré tout ce que j'ai pu faire. Enfin cela la regarde. Ensuite je lui ai parlé de ton mariage, c'est un bruit dans le canton à ce que l'on m'a dit.

— Comment mon mariage ? Mais avec qui ? Il n'y a pas un mois que je suis rentrée et personne ne me connaît plus.

— Ah ! voilà. Il paraît qu'il y a de ces minois que l'on n'a pas besoin de voir longtemps pour être épris et pour se décider. Mais dis-moi d'abord comment trouves-tu, là sérieusement, nos amis Raymond et Gérard ? Depuis dimanche tu évites de me répondre carrément, petite sournoise. Et cependant je tiens à ton appréciation, quand ce ne serait que pour voir si tu as gardé un tel souvenir des Têtes Carrées et des Moscovites que tu n'aimes plus les Français de France, sac à papier !

— Mais, père, que voulez-vous que je dise ? Ce sont des jeunes gens aimables autant que j'en ai vu juger. J'avais l'esprit peu disposé à l'examen ce jour-là, je vous avoue. Ce sont vos hôtes, ils ne peuvent être que comme il faut.

— Taratata ! Tout cela c'est de la bouillie pour les chats. Te plairaient-ils pour maris, l'un ou l'autre, oui ou non ? Réponds ?

— Mon mariage n'est pas à l'ordre du jour, père, et ces MM. ne sont pas les seuls hommes du monde. Enfin je ne veux pas vous contrarier, je vais vous dire franchement ce qui me semble être la vérité. L'un et l'autre viennent pour une dot. Charles voudrait payer son étude et Marius se débarrasser de ses créanciers ; la fille du père Mathieu ferait bien pour cela. Ce sont de jolis garçons ; mais l'un n'est pas franc et doit être cupide, c'est de son métier, l'autre peut être brave mais il est fat et peu intelligent, c'est aussi du sien. Ils me conviennent parfaitement pour le rôle qu'ils ont joué ou pourront jouer ici, celui de convives d'occasion. Je suis méchante, vous voyez, voilà ce qu'il arrive quand on me pousse à bout. Maintenant parlons d'autre chose et allons souper.

Mathieu ne répondit rien et ils descendaient. Sans être maussade, le père n'était pas dans son assiette ordinaire.

Le dimanche suivant, dans l'après-midi, un cavalier vint à la ferme pendant vêpres rendre visite au maître. C'était le lieutenant qui revenait seul sonder le terrain et faire des propositions en l'absence de son rival. Il s'était parfaitement aperçu du prestige exercé par son uniforme et ne doutait pas du succès de préférence, au moins dans tous les cas en ce qui concernait le père Mathieu. Prévoyant les objections et allant au devant, il déclara qu'il ne tenait pas plus que cela au noble métier des armes, qu'il en avait assez fait pour prouver ce dont il était capable et vivre le restant de ses jours sur sa brillante réputation, que du reste les tendances de plus en plus accentuées de l'Empereur dans le sens de la conquête perpétuelle rendaient l'avenir incertain et dangereux, qu'il ne détesterait pas de s'occuper de culture surtout dans une aussi vaste, aussi belle, aussi féconde propriété et qu'il ne désirait qu'une chose, devenir gendre du père Mathieu : faire encore pendant un demi-siècle la partie de cartes avec lui.

Les Dieux, dit la Fable, obscurcissent l'entendement de ceux qu'ils veulent perdre. Ce qui eût dû faire tristement réfléchir Mathieu : un soldat prêt à renoncer à son métier, à son avenir, pour s'endormir dans la paresse et l'obscurité, car il ne s'agissait ni d'un amour sans bornes ni d'enthousiasme pour la culture ; ce qui eût dû refroidir Mathieu fût précisément ce qui le gagna complètement.

Marius avait assez de galon pour n'être pas le premier venu, il avait porté l'épaulette de cavalerie et pouvait se présenter comme une manière de noble. Il était robuste, chasseur, gai, buvant sec et jouant tant qu'on voulait; c'est plus qu'il n'en fallait pour être assuré de passer en aimable compagnie les années de sa verte vieillesse. Trouverait-il jamais un autre gendre qui remplit aussi admirablement les conditions qu'il avait rêvées? Il s'occuperait toujours bien un peu du *train*, si peu que ce fût et puis la vie n'était pas chère puisque l'on avait tout sous la main; on aurait toujours suffisamment. Il avait assez longtemps travaillé pour se permettre un gendre rentier et voir ses petits enfants se reposer.

Ils partirent ensemble après souper pour Monticourt. Le lieutenant avait demandé galamment à saluer Hélène qui se trouvait au château et à renouveler connaissance avec elle. Mathieu de son côté voulait présenter Marius Gérard à MMmes de Monticourt, comptant sur un petit triomphe au milieu du cercle hebdomadaire des joueurs: le Curé, le Maire et son fils.

L'accueil fût poli mais réservé. Le prétendant n'ayant pas de situation définie, son introducteur et lui perdirent beaucoup de leur aplomb. On n'était plus dans la cuisine de La Chesnaie et cirer sa moustache, frapper du talon et cracher bruyamment étaient ici insuffisants.

Tous deux imitèrent de *Conrart le silence prudent*.

IV

Outre une certaine terreur de l'inconnu et son peu de sympathie pour les prétendants, ce qui empêchait encore Hélène de se rapprocher des vues de son père, c'était, sans qu'elle y prît garde, une vague affection pour Félix. Elle avait moins de l'antipathie pour tel ou tel jeune homme qu'une sympathie irréfléchie et persistante pour son ami d'enfance, sentiment qui l'empêchait de regarder ailleurs autrement qu'avec défiance et ennui. Elle ne trouvait rien à alléguer pour échapper aux recherches dont elle était l'objet, n'ayant pas même l'amour de Félix à opposer aux démonstrations de ses adversaires. Celui-ci en effet craintif, retenu par une appréhension exagérée de son infériorité, ne se présentait pas. Il se contentait d'aimer dans le fond de l'âme, mais ne disait rien. Elle le sentait son ami sincère, mais ne pouvait provoquer une déclaration.

Chagrine, hésitante, la jeune fille s'en tint à demander des délais, laissant au temps et au hasard le soin d'arranger les choses.

L'hiver se passa sans que des démarches plus actives la vinssent contrarier. Elle luttait cependant parfois contre elle-même, se demandant si son intérêt sainement compris n'était pas de céder purement aux désirs de son père, si son attachement pour Félix, qui restait muet, n'était pas de l'enfantillage. De plus on ne la tyrannisait pas et elle avait à choisir, car à MM. Gérard et Raymond étaient venus s'adjoindre un médecin et le principal d'un petit collège des environs. Elle flottait indécise, heureuse de sa tranquillité, de l'amitié de MMmes de Monticourt, de l'affection de son père, redoutant de voir changer tout cela et éloignant autant que possible le moment où il faudrait se prononcer. Recueillant ses forces, méditant les leçons de l'expérience et pesant les conseils donnés, elle attendait l'attaque décisive.

On devait avoir raison de sa volonté par la pression continue de l'idée de devoir, ses préférences, ses réserves devaient être vaincues par la charité de son cœur.

Pâques approchait avec son cortège de joies familiales, avec les jours plus longs, les aubépines fleuries, les merles sifflant dans les halliers. Marius avait annoncé au père Mathieu son intention de rejoindre au plus tôt le corps d'armée auquel il appartenait, puisqu'Hélène ne se prononçait pas en sa faveur. Son congé allait finir du reste et des bruits de concentration de troupes commençant à circuler, il n'y avait pas de temps à perdre. Une réponse définitive et favorable pouvait seule le retenir, car marié il donnait sa démission et quittait à jamais la vie des camps, autrement il disparaissait pour ne jamais revenir.

Peu confiant dans ses stratagèmes et dans ses ressources oratoires, malgré le faible tout français de Mathieu pour l'épaulette, il eût recours à quelque chose de plus efficace que la soi-disant incandescence de son cœur pour vaincre les résistances d'Hélène: il appela à son aide les prières et les larmes de sa vieille mère.

Veuve d'un instituteur, la mère Gérard, femme au cœur sec à l'intelligence étroite, ne voyait rien au monde de comparable à son fils, son suprême orgueil. Sa faiblesse à son égard avait amené les nombreux défauts qu'il dissimulait à peine; car alors qu'enfant son père s'efforçait de lui inculquer les notions élémentaires qui l'avaient fait parvenir dans sa carrière, sa mère le gâtait, dorlotant sa paresse native, admirant sans cesse sa gentillesse, le laissant vagabonder et piller les jardins, bourrant ses poches de galettes et de pièces de six liards.

Poussée par lui, elle se décida à une démarche bien inutile à son avis, car dans son for intérieur elle jugeait un regard de Marius plus éloquent que toutes paroles, et revêtue de ses plus beaux atours, haute coiffe, rotonde à bouillons et jeannette au cou, elle descendit un matin de sa carriole dans la cour de La Chesnaie.

Femme pratique avant tout, elle commença par visiter avec Mathieu les étables et les greniers, pendant qu'ils arrêtaient ensemble un plan de campagne. Son complice l'introduisit ensuite auprès d'Hélène qui comptait et ourlait des paquets de linge.

La belle-mère la plus exigeante ne pouvait la trouver plus utilement occupée; aussi ce fut-il d'abord une avalanche de compliments à brûle-pourpoint auxquels la pauvre enfant ne savait réellement que répondre. On passa ensuite comme contre-partie à l'éloge du fils, puis avec une habileté remarquable on esquissa les avantages et les inconvénients d'une union, ces derniers à peine indiqués, existaient-ils même au fait? S'animant peu à peu, la rusée vieille en vint aux larmes, dépeignant le spectacle lamentable de son fils unique tué et laissé sans sépulture sur les champs de bataille lointains, tandis qu'elle s'éteindrait dans la solitude et la douleur. Tout cela était évité par un mariage; Hélène n'aurait qu'à se louer du caractère de Marius, sa reconnaissance et son affection à elle lui étaient acquises d'avance.

Hélène avait à peine connu sa mère; si bonne qu'elle fût Mme de Monticourt n'avait jamais pu avoir pour elle qu'une affection d'étrangère d'une autre classe de la société. Ce cœur de mère, sincèrement ému dans son égoïste affection, avait donc des vibrations qui trouvaient écho dans le sien. Elle rêva de retrouver une mère qui serait pour sa jeunesse un soutien, pour la vieillesse de son père une amie aux soins journaliers; elle crût à un devoir indiqué par la Providence; il lui sembla qu'elle devait être heureuse parce qu'il y avait chez elle sacrifice. Elle se sentit grandir en présence du rôle qu'elle pouvait jouer dans la vie et le bonheur de trois êtres, son père, Marius et sa mère. Et se demandant, au sentiment intime de satisfaction qu'elle éprouvait, s'il y avait même bien réellement sacrifice, elle entrevit les vieillards en paix à ses côtés et se persuada que le lieutenant deviendrait, avec quelques efforts, un excellent mari.

Elle ne dit pas oui mais ne prononça pas non plus une condamnation sans appel.

Mathieu qui la connaissait dans ses moindres manifestations et l'avait attentivement observée ne s'y trompa pas. Augurant favorablement du succès, il assura la mère Gérard qu'elle pouvait repartir tranquille et prier son fils de ne point accélérer ses préparatifs belliqueux; qu'il remporterait une victoire, mais ailleurs qu'aux côtés de l'Empereur.

V

Deux mois après, Hélène Mathieu était mariée, sans grand enthousiasme peut-être, mais aussi sans regrets.

Elle avait suivi la route qu'elle croyait être celle du devoir et si elle n'avait point les intimes et profondes satisfactions d'un amour de choix, si les expansions d'âme à âme lui manquaient, si ses délicatesses natives ou acquises étaient froissées parfois, du moins jouissait-elle de cette quiétude des gens dont le passé est fermé et dont la main pousse résolument devant eux la charrue dans le sillon de l'avenir, cela jusqu'à la tombe. Il avait fallu renoncer au commerce des châtelaines, la ligne de démarcation entre les deux castes s'était plus fortement accusée. Plus de travaux intellectuels, de causeries fines, plus de lointains voyages en perspective, l'horizon maintenant c'était La Chesnaie et Monticourt, les travaux ceux d'une femme de ménage, les causeries celles de propriétaires tirant eux-mêmes leur vie du sol: quelques souvenirs de caserne entremêlés des mesquines affaires locales et d'éternelles légendes. Le frottement avec les rusticités du milieu était nécessaire et fré-

(FEUILLETON N° 4).

quent.

Mais d'autre part Marius satisfait se montrait obligeant, attentionné ; quoique toujours excessivement personnel on voyait qu'il faisait des efforts et essayait de dépouiller le vieil homme. Mathieu radieux était redevenu actif, gai, bien portant comme un jeune homme. La mère Gérard installée à La Chesnaie, triomphante et rassurée, se montrait reconnaissante envers sa bru du tranquille bonheur de son fils, échappé désormais à la mitraille et à la pauvreté.

En dehors des heures de travail, le temps se passait pour les hommes à chasser, courir les marchés des environs, jouer aux boules ou aux cartes ; pour les femmes en promenades au village, en visites au curé et à sa sœur, à Mme de Monticourt et à sa fille mais rarement. Elles portaient d'autres fois, des provisions aux malades. Les soirées du dimanche étaient distinctes maintenant de celles du château ; l'accueil réservé fait à Marius en avait éloigné Hélène qui ne pouvait du reste laisser seuls au logis son père et sa belle-mère. L'abbé Bertrand venait tantôt chez les uns, tantôt chez les autres et maître Raymond, qui après s'être effacé dès les premiers jours devant la concurrence de Marius avait frappé à une autre porte, sans rancune amenait parfois sa femme.

Parmi les personnes qui fréquentaient La Chesnaie se trouvait aussi de temps à autre une demoiselle Leclerc qui sans être jeune était encore fort bien conservée. Fille de l'ancien maître de poste de Monticourt, elle avait passé à Paris comme professeur de harpe et de clavecin les dernières années du règne de Louis XVI et tout le temps de la Révolution. Possédant quelque fortune, elle s'était retirée depuis peu dans la maison paternelle qu'elle avait fait transformer.

Elevée à la Jean-Jacques par son père, elle cachait sous des dehors gracieux, attachants, un cœur gâté, des abîmes de duplicité et d'égoïsme. Qu'avait-elle fait depuis l'âge de dix-sept ans où elle avait quitté le pays jusqu'au jour où elle y était revenue? Nul ne le savait. Sa beauté remarquable, sa profession l'avaient exposée à des dangers sans nombre ; manquant de principes, elle avait en réalité succombé aux pires tentations. Ayant beaucoup d'empire sur elle-même, orgueilleuse, d'une distinction de manières et d'une politesse remarquables, elle avait su en imposer et se faire accepter sans que l'on recherchât trop ses origines. On lui pardonnait son passé, que l'on ne pouvait que soupçonner dans ce centre naïf de campagnards, en présence de son affabilité. Rien du reste ne donnait droit à une affirmation; elle était trop habile pour laisser rien transpirer. Comme elle faisait travailler les hommes et distribuait ses *mises-bas* aux femmes, régalant ses gens de journée et payant grassement quand il le fallait, elle n'était pas mal vue des paysans, au moins en apparence, car on médisait toujours un peu par derrière. Cependant, ni le curé, ni MMmes de Monticourt n'avaient cru devoir répondre à ses avances.

Hélène désireuse de causer et d'entendre un peu de musique s'était montrée, dans son ignorance du vice, moins exclusive que les autres et la recevait volontiers, lui envoyant aussi souvent ces mille riens, fruits, volailles, primeurs, dont La Chesnaie abondait. Enchantée Mlle Leclerc se montrait des plus empressées à rendre service, captivant pour des journées entières, avec ses historiettes et ses chansons, Marius auquel elle rappelait les cabarets et les théâtres de Paris ou de Versailles, Mathieu et la mère Gérard qui n'en avaient jamais entendu autant. La jeune femme qu'elle distrayait elle-même, était doublement heureuse du contentement des siens. L'étrangère donnait à la maison la note mondaine qui lui manquait, avec elle tout se transformait et il n'était pas jusqu'aux garçons de ferme et aux filles de basse cour, qu'elle faisait danser le dimanche, qui ne l'accueillissent avec empressement.

Quelques douces observations de l'abbé Bertrand et de Mme de Monticourt restèrent sans résultat. Marius et Mathieu avaient déclaré, que quoique n'étant pas dévote, Mlle Leclerc leur plaisait comme cela. Hélène subjuguée avait cédé, laissant et le prêtre et sa protectrice s'éloigner, froissés qu'ils étaient dans leur manière d'agir. Et cependant leur bon sens et leur expérience ne les trompaient pas, car Mlle Leclerc devait être pour beaucoup dans les malheurs de la famille.

Cette femme enveloppa bientôt toute la maison d'un réseau inextricable d'influences néfastes. Elle se rendit indispensable, fit accepter ses goûts, sema son scepticisme avec ses rires. Marius aimait les festins qu'elle improvisait en enchanteresse, ses plaisanteries grivoises après boire, sa verve endiablée ; il la conduisait partout, s'en parant comme d'une illustre connaissance. Hélène douce et timide lui paraissait, au retour, insupportable et triste. Le père Mathieu se jetait à la suite de ses conseils dans des essais de culture qui lui mangeaient ses écus ; mais elle jouait si bien à volonté le lansquenet, l'écarté, le piquet, qu'il l'écoutait comme un oracle. Elle vantait Marius près de sa mère avec une admiration si sincère, que la pauvre femme ne sachant que faire, pour l'en remercier eût vidé la ferme à son intention, la défendant contre chacun et faisant son éloge partout, couvrant au besoin un passé de fredaines de ses affirmations d'honnête femme. Hélène, tout en voyant ses défauts et en en gémissant, la mettait à chaque instant dans la confidence de ses affaires. Elle la consultait sur l'arrangement de ses appartements, sur ses toilettes, avec une humilité naïve. Elle l'entendait vanter si souvent et si fort par tous, par son mari surtout, qu'elle pensait ne pouvoir mieux faire que de copier un pareil modèle pour se donner l'élégance qui devait lui manquer. Que de fois même l'ingénue subissait de rudes mortifications, tâchant d'en faire son profit et s'accusant de sottise.

Un matin de vendanges, le ban et l'arrière-ban des amis avait été convoqué pour cueillir la première cuvée que devait bénir M. le Curé. Désireuses de se promener avant le retour des jours froids et gris, MMmes de Monticourt avaient accepté l'invitation d'Hélène.

Sous les noyers, au sommet d'un coteau garni de vignes, de pêchers, de cerisiers, on avait dressé près de la maisonnette aux outils une immense table autour de laquelle prirent place l'abbé Bertrand, MMmes de Monticourt, Mme Raymond et le notaire, Mlle Leclerc, Marius et Mathieu. La mère Gérard s'était surpassée, entassant jambons et rôtis, desserts et liqueurs. Gai, sans contrainte au commencement, grâce au tact des principaux invités, le repas dégénéra vers la fin en légère orgie. Excitée par Marius et par le père Mathieu, Mlle Leclerc entonna plusieurs refrains d'abord patriotiques puis graveleux. Sans bruit, le Curé et les châtelaines se retirèrent tranquillement sous forme de promenade à petits pas.

En sa qualité de maîtresse de maison, Hélène crut devoir les accompagner ; mais à son retour Mlle Leclerc piquée au vif de cette critique indirecte de ses excentricités, n'épargna à la jeune femme ni lazzis, ni quolibets. Le mari irrité de voir interrompue une fête qui le réjouissait si fort, même par son côté inconvenant, s'emporta à son tour et fit une scène.

Hélène pleura plus que la chose ne valait en apparence ; c'est que son instinct l'avertissait qu'elle n'en était qu'au commencement d'une série de luttes et de déceptions.

Si elle eut pu seulement entrevoir l'avenir vrai, que n'eût-ce pas été, grand Dieu !

Premiers jours des unions nouvelles comme vous souriez à l'épouse ; la retenue forcée, la timidité de la vierge ont disparu, chacun s'évertue pour lui faire fête, cet être fort et doux qui marche à ses côtés lui semble un dieu, ses rêves se perdent dans un lointain de têtes blondes et de berceaux roses. Que pourrait-il lui arriver de malheureux, il l'aime et elle fera si bien tout ce qu'il faudra pour le contenter !

L'année n'est pas révolue que les tristesses ont déjà pris place sur l'escabeau au coin du foyer ; naturellement égoïste et brutal l'homme ne ménage plus les susceptibilités, les pudeurs de la frêle créature qui s'est donnée à lui corps et âme. Ces mille tendresses insaisissables, ces prévenances que l'on ne saurait définir et qui sont si précieuses au cœur de la femme, il n'en a souci et ne s'en est peut-être jamais douté. C'est le sacrifice quotidien d'un côté et l'exigeance despotique de l'autre ; heureux encore quand le fardeau est rendu plus léger par un sentiment profond du devoir. Combien ils sont rares les ménages, qui la main dans la main, joyeux ou désolés, selon qu'ils traversent des deuils ou recueillent des bonheurs, mais les âmes toujours sereines et unies, marchent confiants vers l'éternité !

Ce qui fût le plus sensible à Hélène vint de l'opposition et des criailleries de la mère Gérard et de Mathieu se liguant contre elle à Marius et à Mlle Leclerc.

Dans les veines du père Mathieu courait le sang rancunier d'un travailleur contre les gens qu'il sentait lui être supérieurs :

il en voulait aux nobles et aux prêtres pour tout le mal qu'il avait entendu dire d'eux et sans en avoir pu constater cependant rien par lui-même. L'homme est toujours l'homme, et quoique foncièrement honnête, quoique mûri par l'expérience, au fond de son âme dort quand même un levain d'orgueil et la haine instinctive de tout joug.

Impitoyable, trop peu délicat et scrupuleux pour saisir les véritables motifs de la retraite de Mme de Monticourt et de l'abbé Bertrand, le vieux laboureur en voulait à ces femmes qui avaient élevé sa fille, à ce prêtre qui lui tendait la main depuis un demi-siècle, il leur en voulait de ce qu'il croyait un affront à son amour-propre d'amphitryon.

La mère Gérard, ramenant tout à son fils, regimbait comme si elle eût été blessée dans son orgueil de mère.

Contente de cette ivraie semée dans le champ du voisin, sûre du triomphe définitif, de la séparation complète entre les familles Mathieu et de Monticourt et se glorifiant déjà aux yeux du vulgaire de l'écrasement du château et du presbytère, Mlle Leclerc ne regretta point sa journée et s'applaudit de son habileté. C'était une vengeance contre ceux qui ne l'avaient pas reçue.

VI

Effrayant résultat d'une seule influence pernicieuse, de l'exemple continu d'une volonté énergique et persévérante dans ses ambitions ! La Chesnaie fut bientôt complètement changée en mal grâce aux conseils, aux discours, à la pression exercés par l'ancienne maîtresse de musique.

Marius reprit ses habitudes de caserne, flânant, buvant ou fumant du matin au soir. Ne s'occupant plus de sa femme, il plaisantait les servantes et stationnait des heures entières au bouchon du village où il entraînait même son beau-père. Blasphémant à tous propos, il saluait à peine le prêtre et les Dames du château.

Mathieu n'était pas moins transformé. Ensorcelé par la charmeuse, il lui confiait ses intérêts les plus considérables et tripotait par son intermédiaire sur les valeurs d'État ou prêtait ici et là, à gros intérêts, aux familles désireuses d'échapper à l'impôt du sang de leurs enfants appelés sans cesse sous les drapeaux. Il avait acheté voiture et cheval de luxe, fait rebadigeonner sa maison, ses granges, transformé l'immense potager abbatial en jardin à la française. S'occupant à peine de ses terres, celles-ci entre les mains des valets rapportaient moins ; et d'autre part les dépenses s'étant augmentées au logis de plus du double, il devait arriver fatalement un instant où le riche père Mathieu d'autrefois serait dans la gêne. Il ne semblait pas y songer et oubliait sa fille comme l'avenir de ses petits enfants pour battre sans cesse les cartes ou rouler vers la ville.

La mère Gérard, presque besoigneuse autrefois, ayant trouvé son Eldorado, une maison montée satisfaisait plus que jamais aux fantaisies de son Marius et jetait l'or par les fenêtres quand il s'agissait de ses caprices ou même de ses débauches.

La vie pour Hélène était devenue un pénible labeur, sans compensation d'aucune sorte. Les fréquentes réceptions qui étaient de mode dans la maison, le personnel de service et l'entretien de toutes choses dont personne ne s'occupait qu'elle, les soucis d'argent et les embarras de diverse nature qui commençaient à surgir quelque fois, lui faisaient connaître le mariage sous un aspect qu'elle n'avait point imaginé et que rien ne pouvait faire prévoir. Elle s'acquittait courageusement des travaux qui lui incombaient, ne murmurant jamais, ne comptant jamais sur des remerciements ou des félicitations ; mais elle n'en souffrait pas moins.

Quelque chose contribuait puissamment aussi à lui faire garder son calme et sa physionomie presque heureuse, elle allait être mère. La naissance de l'enfant, voilà le baume des cœurs d'épouse les plus ulcérés ; le berceau avec ses langes égaye les plus sombres alcôves, les *menottes* qui s'agitent essuyent bien des larmes. Et cependant la naissance, le baptême de son cher petit Henri réservaient à Hélène plus de chagrins poignants que de joies sans mélange.

La reconnaissance la liait à Madame de Monticourt par des nœuds trop anciens et trop solides pour qu'elle pût éviter de la demander comme marraine. Ne lui avait-elle point en effet servi de mère et que de fois sur les routes de l'exil elle l'avait réchauffée contre son cœur, servie de ses propres mains, nourrie de la moitié de son pain. Elle se rendit donc au château quelques jours avant sa délivrance.

Toujours généreuse et juste, faisant la part des nécessités de situation, de la jeunesse, des intentions droites de sa pupille, Madame de Monticourt l'accueillit avec bonheur et accepta volontiers la seconde maternité qu'elle venait lui offrir.

Discrète, aimante, respectueuse Hélène ne dit rien de ses angoisses journalières, ne laissa rien transpirer des douleurs du logis, elle s'efforça de paraître heureuse et parla affectueusement de son mari, de son père, de sa belle-mère. Mme de Monticourt admirait son dévouement héroïque, mais devinant ses peines secrètes, regrettait cette fière réserve qui l'empêchait de les adoucir par des conseils, des encouragements. Malgré sa maternelle et chrétienne sollicitude, la vieille dame était trop prudente et trop digne pour porter une main indiscrète sur des plaies qu'on ne l'appelait pas à panser. Elle souffrait de ce silence, essayait de faire sentir à Hélène que l'initiation aux plus douloureux mystères la trouverait prévenue et compatissante. N'avait-elle pas elle-même monté au calvaire des plus rudes épreuves ? Son père et ses oncles étaient morts sur l'échafaud ; son mari tué à l'armée de Condé dormait dans une sépulture inconnue ; ses frères, après avoir dissipé l'héritage paternel, s'étaient ralliés aux idées révolutionnaires et avaient néanmoins été fusillés au 9 thermidor. Sans descendant mâle, elle n'avait point non plus à espérer du côté de sa fille des chérubins pour occuper et charmer ses loisirs et ses rêves d'aïeule. Elle avait dans les replis de son être des indulgences incommensurables, des pitiés divines, des remèdes souverains qui lui venaient de ses propres déchirements, de son courage, de sa foi.

Hélène demeura impénétrable et se contenta d'accepter d'avance toutes les libéralités dont il plairait à Mme de Monticourt de gratifier son filleul.

Elle fit part, en rentrant, de sa démarche. Assis sous un berceau de clématites qui commençait à fleurir, Marius et Mathieu devisaient en fumant. Dès les premiers mots leurs figures se rembrunirent et, relevant la tête, leurs regards se fixèrent avec des expressions diverses sur la jeune femme interdite et hésitante.

— Tu aurais pu nous prévenir auparavant et t'éviter ainsi une démarche peut-être inutile, dit le père Mathieu d'un ton rogue, car qui te dit que nous agréerons le château. D'abord moi, qui suis le parrain nécessairement, je puis avoir mes intentions et on ne me fera pas marcher avec qui je ne voudrai pas.

— Mais père, répondit Hélène, il me semble qu'il en a depuis longtemps été question bien des fois sans que ce fût cependant d'une manière précise, et vous n'avez jamais fait d'opposition au choix de Mme de Monticourt. Cet honneur du reste lui est absolument dû ; ne m'a-t-elle pas servi de mère, ne lui avons-nous pas, en dehors de toutes considérations, les plus grandes obligations pour dix années de bienfaits ? Ce que j'ai fait il était de mon devoir strict de le faire.

La pauvre enfant n'ajoutait pas que si elle avait agi précipitamment et à la dérobée, c'était précisément pour éviter des empêchements taquins et des observations malveillantes qu'elle prévoyait. Sa parole donnée, elle s'était dit que malgré le peu d'autorité dont elle jouissait dans la maison, on la respectait encore assez cependant pour ne pas la retirer et lui infliger un démenti humiliant.

— Et ma mère ne compte donc pas, ce n'est rien à ce qu'il paraît ? interrompit Marius, entre deux bouffées.

— Ce sera son tour la prochaine fois, mon ami, plaisanta doucement Hélène pour atténuer le ton aigre que prenait la discussion. Maman du reste (elle ne disait pas maman habituellement et prenait sur elle de le dire pour flatter le jeune homme) s'est mise elle-même hors de cause, comprenant à merveille les exigences de la situation.

— Quand on a chez soi ce qu'il faut, on ne va pas mendier qui fait fi de vous. Nous avons assez de connaissances pour choisir ; Mlle Leclerc par exemple aurait admirablement fait l'affaire, insinua le père Mathieu, puisque tu veux de belles dames pour escorter ta progéniture.

— Mme de Monticourt ne fait pas fi de nous et elle nous l'a maintes fois prouvé. Ce n'était point là du reste votre avis autrefois. Quant à Mlle Leclerc qui nous dit qu'elle eût accepté puisqu'il s'agit d'une cérémonie religieuse et non d'une promenade ou d'un bal.

— Mlle Leclerc sait aussi bien que toi ce qu'il faut accorder aux préjugés et à

(FEUILLETON N° 5).

l'amitié. Elle m'en avait parlé du reste à plusieurs reprises depuis un mois et se montrait disposée à faire des folies pour *le petiot* si on la demandait. Tu n'y aurais rien perdu. Et puis du reste il n'est pas encore dit qu'elle n'acceptera pas, quoi qu'en général elle n'aime pas les restes, car j'ai bien envie de le lui offrir.

— Vous ne feriez pas cela, père, ce serait le premier et le plus dur sacrifice que vous m'ayiez imposé. Avouez que ce n'est pas le moment de contrarier votre Hélène ?

— Qu'en dis-tu Marius ? demanda Mathieu se tournant vers son gendre et sans répondre directement à sa fille. N'es-tu pas de mon avis ?

— Par Dieu, Mlle Leclerc nous a montré cent fois qu'elle nous portait autant d'intérêt que le château ; elle est aussi riche et plus gaie pour un jour de fête. J'opine pour son acceptation, moi.

On ne pouvait être plus cruel en termes plus grossiers, le soudard apparaissait. Des larmes roulèrent dans les yeux d'Hélène et révoltée à la fin elle protesta.

— Je suis la mère après tout, s'écria-t-elle, et je suis juge de l'avenir d'un enfant qui ne fait encore avec moi qu'une seule et même personne. Grands ils vous appartiennent davantage à vous autres qui commandez, mais petits et surtout à naître il me semble qu'ils nous appartiennent à nous mères davantage, ces êtres sans défense qui sont notre chair et notre sang. Je suis fille d'adoption d'une femme qui a été pour moi tendre, attentive, dévouée et je ne veux pas qu'on répudie ma mère.

« Ce ne sont plus là, Marius, les sentiments de déférence que vous manifestiez jadis ; nous sommes loin, mon père, de cet avenir indéfini de paix et de bonheur tranquille que vous me promettiez auprès de vous. Mais j'ai tort de récriminer et je vous en demande à tous deux pardon ; c'est qu'aussi vous me faisiez un si gros chagrin, sans le vouloir j'en suis sûre, que je n'ai pu me contenir. J'ai demandé Mme de Monticourt comme marraine et admettons que j'aie eu tort ; mais il ne serait plus temps de changer d'avis et je compte sur vous pour lui faire bonne mine au moment voulu. Eh bien ! si après vous désirez rompre nous romprons, mais du moins nous serons tous dégagés d'honneur et je vous aurai rendu service. Vous verrez que vous reconnaîtrez vos torts et que vous ne m'en voudrez pas plus que Mlle Leclerc, qui malgré ses travers comprend admirablement ce que chacun doit faire et qui m'excusera quand je me serai expliquée avec elle ».

Les deux hommes ne répondirent rien. Hélène défiante eut cependant l'air d'accepter ce mutisme comme un acquiescement à ses dernières paroles et ne voulut pas trop abuser de sa victoire apparente. En réalité elle s'éloigna inquiète et voyant les plus sombres couleurs envelopper ses perspectives de vie quotidienne et d'arrangement futur sous la triple forme de sa destinée de fille, d'épouse et de mère.

VII

La suite des événements se chargea de justifier ses pressentiments. Loin d'éteindre le feu, Mlle Leclerc l'attisa. Tout en faisant mille protestations à Hélène, en lui donnant toujours raison, elle excitait en secret père et mari.

Le baptême eut lieu, mais une lettre de Marius à Mme de Monticourt avait fait revenir celle-ci sur sa première acceptation ; elle était en effet conçue en termes si peu engageants que la châtelaine s'effaça, cédant la place à la véritable maîtresse de La Chesnaie. La cérémonie loin d'être une fête de famille donna lieu à de véritables scandales par la prodigalité et les folies bruyantes qui l'accompagnèrent.

Délaissée, la jeune mère souffrait solitaire dans son âme et dans son corps, se demandant ce qu'il adviendrait plus tard de son fils né sous d'aussi tristes auspices. Sa vie insouciante, heureuse de jeune fille dans un milieu qui la rendait meilleure, l'élevait au-dessus d'elle-même, ses rêves, ses voyages, le vague et lointain souvenir de sa mère lui traversaient tour à tour la mémoire. Elle se disait que sa vie eût été toute différente sans doute, si au lieu de céder aux entraînements de son amour filial, d'entrer comme unité dans le calcul involontairement égoïste de son père, elle avait suivi les conseils de prudence et de judicieuse attente qu'on lui donnait. Point de fortune, mais du bonheur dans la communauté d'affections et d'idées, voilà ce qu'elle eût demandé ; et elle se révoltait, froissée, meurtrie dans ses sympathies, ses légitimes espoirs. Humiliations, dégoûts, cruautés, rien ne lui avait été ménagé depuis quelques mois. Femme elle n'entrait pour rien dans les projets de son mari, sa voix ne comptait pas au chapitre des intérêts domestiques ; il montrait clairement en toutes circonstances que son bon plaisir était la règle et prendre son avis le dernier de ses soucis. Amie, elle n'existait plus guère dans le cœur de l'ex-lieutenant si tant était qu'elle y eût jamais existé et qu'il eût un cœur. L'amour, pour les natures au genre desquelles il appartenait, n'est jamais l'union des âmes. Son mari ne l'avait pas comprise, ne la comprendrait pas ; elle n'avait point la note correspondante aux vibrations de cette organisation vulgaire, bestiale même. Mlle Leclerc lui convenait mieux, correspondant d'instinct à ses sentiments, à ses vues. Fille, elle était étrangement récompensée de son dévouement ; si choyée, si aimée alors qu'elle était enfant, elle semblait être à charge maintenant. Loin de la soutenir contre les étrangers, Mathieu si doux autrefois, la rudoyait. Mère, ne serait-ce pas plus triste encore ?

Hélène descendait la pente du désespoir. Les appuis lui manquaient ; Mme de Monticourt, le vieux curé, on les avait éloignés, découragés dans leurs sympathies, leur assistance dévouée. Une âme d'homme d'élite se serait soutenue et relevée d'elle-même, avec l'idée des intentions providentielles, l'adjuvant efficace des motifs supérieurs. Créature excellente, la fille du père Mathieu était trop femme cependant pour pouvoir marcher sans appuis sensibles, sans consolations matérielles. Il lui manquait des mains amies, des larmes, des baisers ; puisque les siens se retiraient, il eût fallu la tendre affection de la châtelaine, les énergiques relèvements du prêtre. Elle cherchait autour d'elle et une pensée fatale lui revenait sans cesse : si au moins j'avais Félix pour me consoler, si mon cousin le savait.

Éloignée de la moindre tentation mauvaise, elle ne voyait en cette affection qu'un moyen de suppléer à cette sécheresse de cœur qui l'étreignait ; ne se rendant pas compte des dangers que lui créait sa situation nouvelle d'épouse.

Il y avait six semaines qu'elle était accouchée ; la moisson avait entraîné au loin le personnel de la ferme, cours et jardins étaient silencieux. Seuls les poulets et les canards erraient picorant et barbotant, les hirondelles fendaient l'air en criant et portaient la becquée aux nids maçonnés sous les poutres des écuries. Hélène s'était levée et parcourait à pas lents les allées du jardin, s'enfonçait sous les gros pommiers, ou allait çà et là caresser et revoir ses bêtes familières. Elle éprouvait une sorte de bien-être particulier à se retrouver parmi des êtres et des objets presqu'insensibles et grossiers et qui cependant lui rappelaient une foule d'heures tranquilles, d'émotions anciennes et à jamais disparues. Elle ouvrit une porte donnant du verger sur la campagne et s'engagea dans les trèfles non fauchés, dirigeant ses pas vers une petite rivière bordée de saules et où elle croyait trouver des laveuses.

La lourde atmosphère des trois heures de l'après-midi pesait sur les champs ; au loin les silhouettes des moissonneuses estompées d'une sorte de brume vacillante et poudreuse qui montait de la terre, des cris incessants de sauterelles à la cime des buissons : tel était le paysage, luxuriant peut-être, et plus désolé cependant qu'un jour d'hiver pour un cœur en peine. Novembre est à l'unisson des deuils, août tranche si vivement par ses splendeurs et sa lumière que l'âme en est totalement heurtée, si elle ne peut ou ne doit point prendre part à la fête universelle. Hélène marchait la tête penchée, aspirant les bouffées d'air saturé d'émanations fécondes et de parfums rustiques ; le corps jeune et robuste tressaillait de santé, l'âme changeait en amertume de joies du moment.

La promeneuse s'arrêta tout à coup étonnée et fit un mouvement en arrière ; du milieu des ronces et de la sauge entourant le tronc des peupliers, venait de s'élancer un grand épagneul dont les aboiements cessèrent brusquement à la vue de la nouvelle arrivée.

Son maître, qui le suivait, était Félix. On n'aurait pu dire quelle sorte de sentiment séparait les deux cousins depuis le mariage d'Hélène, ce n'était ni du regret ni de la haine, plutôt de la contrainte, comme si des liens mystérieux noués dans un autre monde s'étaient brisés. Ils restèrent pâles et interdits en face l'un de l'autre, les lèvres frémissantes et l'œil fixe. Ainsi qu'il arrive toujours dans ces sortes de rencontres fortuites, la femme se remit la première et comprit qu'il était plus dangereux de laisser la tension d'esprit qui les paralysait se prolonger que de brusquer carrément le dénouement.

— D'où sors-tu donc, cousin, jeta vivement Hélène avec un haut le corps et animant sa figure ? Je ne comptais certainement pas sur vous par ici Félix, reprit-elle immédiatement, en nuançant la conversation d'un sens plus froid.

— Je viens de pêcher et n'ai pas trop mal réussi, voyez Hélène, répondit le jeune garçon, en montrant un filet à travers les mailles duquel s'agitaient encore quelques poignées de vairons, d'ablettes, de goujons. S'il vous pouvait être agréable de les accepter, je vous les offrirais de grand cœur. »

Un simple geste de Mme Gerard refusa et dit beaucoup de choses par son seul silence. Elle ne pouvait expliquer qu'il en pourrait résulter des querelles jalouses avec Marius ; d'autre part, une sorte de pudeur intime et essentiellement féminine lui interdit de faire allusion à son état de santé qui l'eût empêchée de profiter réellement du cadeau de son cousin et d'en expliquer la présence par la fantaisie d'un achat. Les tristesses du foyer combinées avec les souffrances maternelles l'avaient réduite à une sorte de langueur qui devait pour longtemps encore lui faire rejeter toute espèce d'aliments solides.

— Comment va mon oncle, reprit-elle pour détourner le cours de la conversation ; ne m'avait-on pas dit qu'il s'était blessé en jardinant ?

— Il s'était coupé le pied dans l'abattage d'un arbre, mais il est remis depuis plusieurs semaines et ne boite même plus ».

Cette simple question rappelait tristement que les deux maisons, autrefois si unies, en étaient à ignorer jusqu'aux nouvelles qui les intéressaient le plus. Cependant, timide d'abord, le jeune homme s'enhardissait peu à peu et son affection pour sa cousine augmentait singulièrement en la voyant si changée et si triste. Aussi ce fût lui qui continua.

— S'il pouvait vous être agréable qu'il allât à La Chesnaie, je l'en prierais et il irait volontiers s'informer de temps à autre de vous tous et causer pour vous distraire. Je crois qu'il a eu avec mon oncle Mathieu quelques petites difficultés au sujet du partage des terres venant de la succession de ma tante, mais il vous aime trop pour que vous en pâtissiez dans son affection. Il craignait seulement de contrarier l'un ou l'autre en se présentant. Et puis c'est ainsi, on se boude on ne sait pourquoi car au fond...

— Mon oncle est très occupé à ses moissons, mon père aussi ; les veillées d'hiver renoueront peut-être les relations, répondit évasivement Hélène, qui comprenait à merveille ce que cachaient les propositions de son cousin et qui tremblait déjà de le voir revenir à la suite de son père. Quelques pointes de Mlle Leclerc lui avaient fait comprendre que la ruse infernale de la *Parisienne*, comme l'appelaient les paysans avait découvert l'affection d'enfance inconsciente et enfouie dans ses souvenirs. Elle n'osait même songer aux conséquences terribles qui pouvaient en résulter avec le caractère violent de son mari circonvenu et excité.

— Adieu cousin, je suis heureuse du hasard qui m'a fait vous rencontrer... Et sa voix malgré elle faiblissait, ses yeux devenaient moins indifférents et plus doux, c'est si bon de sentir à deux pas de soi quelqu'un qui vous aime, dont la sympathie est, sans calcul et sans réserve, attachée à tout ce qui vous concerne.

Le jeune homme sentait le terrain qu'il gagnait, il se dit que jamais peut-être l'occasion d'un tête à tête avec sa cousine ne se présenterait à nouveau pour lui et vainquant son hésitation.

— Vous souffrez Hélène, gémit-il ; sachez du moins, si cela peut vous être de quelque consolation, que le gamin que vous traîniez esclave soumis et heureux à votre suite il y a vingt ans, que le sauvage qui sentant son infériorité n'a jamais osé, à votre retour, vous dire qu'il vous adorait comme une sainte et qu'il avait compté tous les jours d'absence par ses larmes, que ce gamin et ce sauvage fondus en un seul pauvre cousin ignorant et oublié vous aimeront toujours. Je ne me mêlerai jamais à votre vie ; mais n'importe où, n'importe quand, appelez-moi et demandez ce qu'il vous plaira, vous me trouverez.

Hélène chancelante, son mouchoir sur sa bouche s'était déjà éloignée.

Marius fit en ricanant le soir cette réflexion qu'il n'y avait pas à douter du prompt rétablissement de Madame en présence de la gaieté qui lui revenait. Il y avait eu assez de pleurnicheries comme cela, et il aimait peu, lui, les visages moroses.

Ce fût presque un regard de haine que lui jeta sa victime. Le malheureux s'effaçait chaque jour dans l'affection de sa femme qui arrêtait ses généreux élans de retour et de pardon. Il y avait longtemps qu'il était perdu dans son estime, et où l'estime n'existe plus l'attachement disparait vite.

Aux tracasseries de ménage, qui n'eussent été qu'un chagrin cuisant mais relatif pour Hélène atteinte seulement dans sa tendresse, s'étaient ajoutées les difficultés extérieures pour ainsi dire, d'intérêt et d'administration. Peu délicat et n'osant encore recourir à son beau-père toujours épineux sur les questions pécuniaires, l'ex-lieutenant avait extorqué à sa femme différentes sommes, puis une procuration concernant l'héritage de sa mère. Après avoir dissipé sous des prétextes mensongers la dot entière d'Hélène, il en était réduit à lui voler ses derniers biens propres au moyen d'actes et de signatures fabriqués à prix d'argent ou par de coupables complaisants. Hélène bien qu'ignorante dans ces sortes de choses avait facilement acquis la preuve que son mari la trompait et que l'honneur militaire dont il faisait parade à chaque instant ne l'empêchait pas d'être un faussaire. Que pouvait-elle dire ou faire qui ne lui retombât nécessairement sur la tête ? Elle marchait muette et résignée quoique secouant parfois ses fers dans un moment de révolte et appelant quelqu'un pour les briser.

Le plus grand mal que lui eussent fait son mari et son père courbés sous l'influence de Mlle Leclerc était certainement d'avoir éloigné MMmes de Monticourt et l'abbé Bertrand. Pour avoir la paix, elle avait cédé. Mais sans consolations, sa pauvre âme s'en allait à la dérive. Elle n'avait pas même la ressource des soins à donner à son enfant que l'on avait été obligé d'envoyer en nourrice dans le village des Gérard. MMmes de Monticourt insultées chaque jour par les propos de Mlle Leclerc et des habitants de La Chesnaie ne pouvaient la recevoir, ni l'aller visiter. Les Raymond flairant la ruine de la maison, avaient disparu en gens pratiques. Se débattant au centre d'un dédale inextricable, la jeune et infortunée jeune femme s'exaltait peu à peu et s'habituait sans terreur aux résolutions violentes.

Mlle Leclerc devait lui porter le dernier coup et faisant le mal pour le mal se servir d'une arme à deux tranchants, même au rebours de ses intérêts apparents.

VIII

La fête patronale de la Saint-Martin était revenue avec ses plaisirs et ses réunions. Que d'évènements depuis le jour où, deux ans auparavant le père Mathieu réunissait Raymond et Marius à sa table. Quoique la ferme de La Chesnaie ne fut pas devenue un modèle au point de vue religieux, tant s'en faut, on continuait d'y célébrer la fête gastronomiquement parlant. Plus de prières, ni de saint, mais des bombances tant que l'on voulait.

Des groupes nombreux se pressaient dans la cuisine encombrée de vaisselle et de pots, dans la salle à manger où une longue table était dressée, enfin dans toutes les chambres disponibles qu'on avait laissées entr'ouvertes ; foule bariolée de vestes, d'habits et où quelques têtes se montraient encore ornées du catogan. On causait, on riait, les impatients se frottaient les mains ou montraient au feu la mince semelle de leurs escarpins. D'autres avec le sans-gêne directorial de la veille tiraient de leurs poches de grosses montres qu'il faisaient sonner.

Sans être bien gaie la pauvre Hélène s'efforçait de contenter son mari en préparant et examinant chaque chose, courant ici et là, répondant aux bavardages des inutiles, souriant aux uns et aux autres.

Marius, après avoir tourné longtemps autour de la table et parlementé avec Mlle Leclerc qui s'en défendait en riant, alla prendre le couvert d'Hélène et le remplaça par celui de la *Parisienne* qu'il appelait ainsi publiquement à remplir le rôle de maîtresse de maison et à servir tout le monde. Hélène très affairée ne s'en aperçut qu'au dernier moment, alors que les places étaient déjà occupées et que Mlle Leclerc lui faisait ses excuses en minaudant, emportée, disait-elle, de vive force par M. Gérard. Pâle et glacée la jeune femme ne mangea, ni ne s'assit, s'absorbant complètement dans ce rôle de servante qu'on lui faisait jouer. Pendant qu'elle entrait et sortait, faisant circuler le vin et les mets, elle pût constater l'étonnement douloureux, la gêne non seulement de la plupart des convives mais aussi des

(FEUILLETON N° 6).

domestiques.

Son mari ne tarit pas d'éloges sur l'adresse de la présidente, qui savait découper et verser à merveille, vieille habitude, talent acquis dans les galants soupers d'autrefois. Mathieu, comme s'il eût senti l'affront fait à lui-même dans la personne de sa fille, restait muet et sombre.

La nuit était tombée depuis longtemps, et les convives seulement levés de table comme il arrive dans ces festins pantagruéliques de campagne où des heures et encore des heures suffisent à peine pour dévorer les plats, ne songeaient nullement à se séparer. Les uns, la tête penchée, suivaient sur les tables dont on avait simplement retroussé les nappes : la coupe, la levée ou l'abattage des cartes. Les autres dansaient ici et là, à la chambre à four, dans les corridors, à la cuisine. On n'avait pu songer à s'installer sur les aires ou dans les greniers ; une bise âpre sifflait aux vitres. Personne ne s'occupant d'elle, Hélène, le cœur gros, avait disparu sans attirer l'attention.

Elle avait besoin de solitude, de se rafraîchir le sang en aspirant le vent froid, de marcher. Ce bruit lui faisait mal, ces rires l'étouffaient, ce monde qui mangeait son bien et n'osait la défendre lui inspirait de la pitié. Quant aux fauteurs principaux, à ceux qui après avoir démoli à plaisir l'échafaudage de sa vie tranquille piétinaient maintenant sur les débris, oh ! ceux-là, elle les détestait, n'osant encore peser la part de responsabilité qui revenait à chacun.

Sans prendre garde aux brouillards, aux rafales qui la secouaient, elle s'appuya contre le mur d'enceinte à sa partie extérieure, après être sortie sur les champs. La tête dans les deux mains, elle se demandait ce qu'elle avait pu faire pour mériter son sort dans un état que loin de rechercher elle avait longtemps fui. Etait-ce donc là ce bonheur dont on lui avait si instamment fait miroiter la perspective pour l'entraîner au mariage ? Et comment échapper à cet enfer d'un mari brutal et débauché, volant l'avoir de son enfant et installant une étrangère à la place d'honneur de son foyer ; d'un père qui perdait dans ses derniers jours sa bonté, sa prudence, son économie d'autrefois, d'une maison entière enfin qui malgré ses efforts s'en allait à la ruine, après avoir déjà perdu tout prestige, toute honorabilité dans la contrée ?

Une ombre qui se penchait sur elle la fit bondir en poussant un cri ; elle se croyait si bien seule, elle était si éloignée de la réalité au milieu de ses tristesses qu'elle n'avait ni vu, ni entendu s'approcher Félix dont la tristesse personnelle avait fait aussi, en ce jour de fête, un promeneur solitaire.

Elle lui dit toute sa peine, ses humiliations, son découragement et le jeune homme fit de généreux efforts pour lui faire prendre son mal en patience, lui faire espérer des jours meilleurs.

Leur conversation fut ce qu'elle devait être entre bons parents et Hélène consolée retournait à son devoir quand elle entendit les ricanements de quelqu'un qui l'avait espionnée dans l'ombre, qui avait écouté son entretien avec Félix.

Ce quelqu'un c'était Mlle Leclerc qui, pour lui montrer qu'elle comptait faire un scandale avec cette rencontre fortuite des deux cousins, eut quelques paroles d'ironie comique à l'adresse des belles promeneuses nocturnes.

Cette fois c'était trop et Hélène bondissant sur elle la prit par les épaules et la jeta en dehors de l'enceinte.

— Au moins suis-je encore ici chez moi, lui cria la jeune femme en refermant la porte, et je vous serais obligée de ne pas venir par vos insultes et vos calomnies compliquer une situation déjà trop difficile pour une pauvre femme comme moi, isolée et sans défense.

Puis elle rentra ; mais personne ne dormit guère cette nuit-là à La Chesnaie où avec un toupet infernal Mlle Leclerc revint le lendemain montrer son museau de fouine et baver toute sa rage sur Hélène qu'elle couvrit de boue aux yeux de son mari et de son père sans que ces lâches protestassent.

Ce démon avait juré la perte de La Chesnaie où cependant elle n'avait jamais reçu que des honneurs, des bontés.

Après le mari et le père c'était la mère Gérard qu'elle animait contre Hélène.

Elle l'excitait en lui démontrant, ce qui devenait de jour en jour plus facile, que sa bru n'aimait pas son fils ; qu'elle ne le soignait pas ; que pour elle, elle la méprisait à cause de son langage et de ses goûts de paysanne. La vieille devenait tigresse à l'idée que son fils pouvait souffrir par le fait d'une femme qui devait être trop heureuse de la posséder.

Avachi, malade, inquiet sur l'avenir que des spéculations malheureuses lui faisaient entrevoir sombre et menaçant, Mathieu le principal auteur de tout ce qui arrivait, n'osait intervenir. De quel droit du reste aurait-il parlé, à quel titre pouvait-il élever la voix maintenant que l'avoir même de sa fille était à peu près englouti ? Il laissait tout aller, demandant la mort et se disant qu'il ne verrait pas la catastrophe finale.

N'étant plus retenu par aucune considération, prévoyant le moment où il quitterait même femme, habitation, pays, Marius vendait ce qu'il pouvait et restait de longues semaines absent ; jusqu'à ce que l'or ramassé ici ou là eût été dissipé.

A une de ses lointaines réapparitions Hélène lui déclara qu'elle était à bout, que si ce n'était pas lui ce serait elle qui définitivement quitterait la ferme.

Le lieutenant après avoir constaté que les coffres étaient vides, les biens hypothéqués ou vendus, qu'il n'y avait presque plus de pain pour son enfant, le lieutenant peu désireux de travailler pour nourrir Hélène et son nourrisson disparut tout à fait.

On apprit qu'il était retourné à l'armée et parti avec les colonnes que l'on dirigeait sur l'Espagne.

IX

C'est ici que notre histoire devient un véritable drame.

Débarrassée de ses soucis moraux par la disparition de Marius, par la mise à l'écart de Mlle Leclerc qui ne se sentant plus soutenue se cachait dans son coin, par des sentiments meilleurs dans l'âme de son père, Hélène retomba dans des soucis matériels.

La ferme de La Chesnaie s'en allait à vau l'eau et ce n'était plus de gêne qu'on y parlait c'était de ruine totale. La pauvre jeune femme se multiplia pour la retarder, pour donner le nécessaire à ceux qui y vivaient.

Ce fut pendant des mois et encore des mois une lutte quotidienne, terrible pour l'existence dans cette maison si riche jadis et où maintenant une femme avait seule la responsabilité du train de culture.

Hélène ne faiblit pas, aidée du reste dans sa tâche par la sympathie des gens et par des coups de main répétés que lui donnaient les Cosson, père et fils.

Il y avait plus d'une année que le lieutenant était reparti à l'armée quand un garçon qu'il avait emmené au service rentra blessé, manchot, dans sa famille, laquelle habitait un village voisin de Moulicourt.

Après s'être remis de ses fatigues pendant un jour ou deux il s'en vint lui-même, à pied, sans avoir voulu confier sa mission à personne, il s'en vint jusqu'à La Chesnaie et demanda à parler à Mme Gérard la mère, la vieille.

Quand ils furent seuls il déposa entre ses mains la montre et un pistolet de poche du lieutenant Marius, objets que celui-ci l'avait chargé de donner à sa mère pour qu'elle les léguât en dernier souvenir, plus tard, à son fils.

En effet à l'heure où le lieutenant avait donné cette commission funèbre à son brosseur il allait mourir dans le cloître d'un couvent espagnol où on l'avait transporté avec un biscaïen reçu en pleine poitrine.

Le brosseur n'avait pu attendre le dernier soupir de son chef et compatriote parce qu'un retour offensif de l'armée ennemie l'avait forcé à déguerpir, mais le lieutenant était certainement mort car les chirurgiens désespérant de le sauver, même de prolonger sa vie pendant quelques heures ne lui avaient donné aucuns soins.

La mère Gérard jeta les hauts cris ; mais quoique fortement émue par la mort de son mari, du père de son enfant Hélène resta beaucoup plus calme.

Elle n'avait pas à regretter un homme qui presque depuis la première heure où elle l'avait connu s'était plu à la torturer, à l'humilier, à la dépouiller ; qui au moment de mourir avait seulement pensé à sa mère, à son enfant, sans avoir le moindre mot pour elle.

Il était mort en soldat, c'était bien, c'était le plus précieux héritage qu'il pût laisser à son fils ; elle porterait son deuil, comme elle le devait, mais des larmes de désespoir, de tristesse sur cette éternelle séparation elle n'en trouva plus à verser, il y avait trop longtemps qu'elle pleurait.

Elle écrivit cependant au ministère de

la guerre, aux chefs du corps d'armée en Espagne et on lui répondit, on répondit au maire de Monticourt que le lieutenant Gérard était mort en effet dans un couvent espagnol, incendié alors qu'il y agonisait; il était mort, car depuis des semaines il n'avait pas reparu à son régiment, depuis des semaines on en avait perdu toutes traces quoique la contrée où il était tombé fût aux mains victorieuses des Français. Le colonel l'avait remplacé par un autre officier dans son poste de lieutenant et ses compagnons d'armes le considéraient comme à jamais disparu.

Le père Cosson d'après ces dires, dressa son acte de décès et l'inscrivit aux registres de la mairie de Monticourt.

D'autres mois passèrent pendant lesquels Félix Cosson se montra très-assidu à La Chesnaie pour y aider sa cousine, laquelle succombait réellement sous une charge trop lourde pour elle, son père refusant de s'occuper désormais de quoi que ce fût.

La mort de Marius rendait maintenant possible, plus possible même qu'autrefois puisque la jeune femme était devenue aussi pauvre, aussi paysanne que son cousin, l'union désirée jadis et pour laquelle ils n'avaient eu le courage de se prononcer ni l'un ni l'autre.

Il ne s'agissait plus des folles illusions d'autrefois mais il s'agissait de devoir à accomplir à deux, d'une exploitation à relever, à faire marcher, de vieillards à nourrir, d'un enfant à élever.

Hélène ne pouvait désirer un compagnon plus sûr, plus dévoué, plus travailleur que Félix.

Quand les délais légaux, depuis l'inscription du décès de Marius sur les registres de la mairie, furent écoulés les deux jeunes gens se marièrent sans grande joie, sans bruit, comme il convenait aux membres d'une famille désunie, en deuil, appauvrie.

Sa difficile situation de femme seule à la tête d'une mauvaise exploitation agricole légitimait son désir de voir un maître à La Chesnaie, l'excusait de s'être remariée si vite; et cependant beaucoup lui donnèrent tort tout bas trouvant qu'elle aurait dû attendre davantage ou même ne se point remarier du tout après les bruits fâcheux que Mlle Leclerc avait autrefois fait courir sur sa conduite et sur celle de Félix : ceux là avaient raison.

Néanmoins la situation était régulière; il n'y avait en réalité rien à lui reprocher, elle était même généreuse dans sa manière de faire avec la mère Gérard qu'elle garda à la ferme.

La vie n'était pas joyeuse à La Chesnaie mais chacun y travaillait, essayait de payer les dettes, de sortir de l'ornière où les sottises des deux anciens maîtres Mathieu et Marius avait fait verser le char.

X

Hélène venait d'être mère pour la seconde fois, mère d'une fille, d'une petite Cosson, quand un fait étrange se produisit qui vint troubler à nouveau sa pauvre vie déjà si agitée cependant.

L'ancien brosseur manchot et qui était resté au pays reçut une vieille lettre longtemps égarée, lettre écrite par des camarades demeurés au régiment et lettre qui revenant sur les nouvelles données autrefois comme certaines disait que la mort du lieutenant Marius n'avait jamais été bien prouvée et que même si l'on en croyait le récit des paysans de la contrée il aurait été, après guérison, emmené comme prisonnier dans un bagne du sud de l'Espagne.

Ce racontage demandait évidemment une confirmation sérieuse, mais cependant les faits étranges auxquelles il faisait allusion n'étaient pas impossibles à une époque aussi troublée, au milieu d'une guerre atroce, dans un pays révolutionné, lointain comme l'Espagne; le lieutenant avait pu être secouru par les moines du couvent, protégé contre les couteaux des patriotes fanatiques, soigné et sauvé par la vigueur de sa constitution.

Hélène et Félix en reçurent un coup terrible; il n'y eut plus désormais pour eux une minute de paix et à chaque fois que la porte s'ouvrait ils croyaient voir entrer le terrible lieutenant ressuscité.

Hélène surtout se reprochait son affection ancienne pour son cousin qui l'avait fait peut-être trop se hâter, rejeter bien loin, dès la première nouvelle de mort, les chaînes d'une union malheureuse.

Avait-elle été ce qu'elle devait être, être complètement avec le mort, le disparu; n'aurait-il pas encore pu se convertir, changer; n'était-ce pas son rôle, le rôle sublime de l'épouse, de patienter, de souffrir en silence, de le ramener à elle à force d'héroïque vertu?

Et elle se rappelait jour par jour, heure par heure, les dernières semaines du séjour de Marius à La Chesnaie, elle y trouvait des scènes qui la faisaient cruellement réfléchir, qui augmentaient ses remords.

Vers cette époque le petit Henri déjà robuste et de taille élancée pour son âge était revenu de nourrice. Gracieux, aimable, obéissant, vrai portrait de sa mère alors qu'elle était enfant, Henri, avait ranimé par son rire le bonhomme Mathieu qui s'éteignait; Marius lui-même avait été tout changé par cette présence qui était peut être sa guérison, le salut.

La voix du sang avait réveillé quelques bons instincts chez Marius; il s'occupait du petit, le promenait par les cours, le conduisait au jardin. S'intéressant à sa nourriture, à sa santé, à ses vêtements il en prenait occasion pour adresser des paroles meilleures à sa femme.

Tant il est vrai que l'enfant sera toujours le remède aux souffrances du foyer, l'ange qui ramène tôt ou tard le père à la famille, qui rappelle à la mère que quoi qu'il arrive elle n'est jamais excusable de déserter.

Il y avait eu une scène surtout, une scène violente avant la séparation définitive, scène qu'elle ne pouvait se rappeler sans un frisson et dont elle n'avait jamais rien dit à personne.

Après plusieurs jours d'absence à la ville et de débauches dont le carnaval avait été le prétexte, Marius était rentré à La Chesnaie tout honteux, repentant au fond du cœur et comptant sur son fils pour se faire pardonner encore.

Au lieu de l'Hélène indulgente, douce patiente qu'il avait toujours connue et qu'en réalité il estimait, il admirait, il trouva une Hélène dure, impitoyable, insultante, une Hélène prenant la porte avec un ballot sous un bras et son petit de l'autre.

Si brutal, si égoïste, si orgueilleux qu'il fût le lieutenant était resté anéanti, hébété; il avait été tout prêt à se jeter à genoux, à promettre de changer de vie pourvu qu'on ne lui enlevât pas son fils, puis comme Hélène n'avait point paru comprendre, qu'au contraire elle avait eu sur les lèvres un sourire de scepticisme cruel, il avait étouffé ses soupirs, chassé les bons sentiments et il était parti, farouche.

N'avait-elle rien à se reprocher et cette résurrection possible du mari mort, cette situation horrible pour elle d'une femme entre deux maris n'était-ce pas le châtiment?

Quelles angoisses, quelles incertitudes, quelle honte, quel remords pour la pauvre femme jusqu'à ce que la vérité fût connue et après qu'elle la fut.

Ceux-là même parmi les gens du pays qui avaient le plus déploré les torts du lieutenant Marius, qui avaient plaint le plus souvent sa jeune femme furent les premiers à lui jeter la pierre, à s'écarter d'elle comme pour ne pas accepter de part dans son erreur.

Ne sachant à qui s'en prendre de leurs contrariétés diverses dans ce qui arrivait, chacun et chacune retombait sur Hélène, la chargeant comme seul bouc émissaire : le père et la mère Cosson n'étaient pas les moins hostiles, irrités de tout l'avenir de misères qui menaçait leur fils.

Ce fut bien pis quand une lettre personnelle du lieutenant à la mère Gérard confirma le bruit de son existence : il avait disparu dans la bagarre d'un incendie, râlé pendant huit jours, été encore pendant six semaines entre la vie et la mort mais enfin actuellement il était guéri, vivant.

Seulement il ajoutait que vivant pour l'armée, vivant pour le reste du monde, il était mort pour Monticourt, pour La Chesnaie; que jamais il ne reviendrait au pays, que jamais il ne reverrait sa femme laquelle pouvait profiter de l'aubaine et continuer de vivre avec celui qui l'avait remplacé.

Il jurait sur son épée et on aurait le droit de lui cracher à la face comme à un parjure si jamais il manquait à son serment.

Hélène se trouvait donc être la femme légitime d'un homme qui l'avait martyrisée et encore la femme légitime pour la bonne foi d'un autre homme, celui-là vivant mais menacé de voir son mariage sans valeur, celui-là plein de dévouement, de respect, d'affection pour elle.

Où était le devoir? Que devait-elle faire?

Evidemment que du jour où l'existence réelle de Marius Gérard était constatée, Félix Cosson n'était plus son époux : oui, mais qui n'aura de l'indulgence pour la faiblesse qu'elle eut de continuer à vivre avec son seul vrai mari puisque l'autre la répudiait.

Tout excusable que fût sa faute c'en était une cependant, une faute qu'elle devait amèrement pleurer : son devoir était

(FEUILLETON N° 7).

de rendre sa fille, la petite Jeanne à Félix et à sa famille, aux Cosson, et d'attendre à La Chesnaie, courageusement, noblement, solitairement qu'il plût à Marius d'y revenir.

Voilà quel était le devoir ; elle n'eut pas la force de le remplir. De son côté Félix Cosson perdit la tête et ne lui indiqua pas la voie droite, ne lui donna pas le bon exemple en se séparant d'elle le premier, tout de suite.

XI

Une nouvelle vie, c'est-à-dire plutôt une vie aux tortures nouvelles commença pour Hélène, vie qui eût demandé pour être supportable une âme autrement trempée ou mieux autrement sceptique et viciée que la sienne.

Les habitants de Monticourt ne pouvaient plus considérer Hélène comme épouse légitime de l'homme avec laquelle elle vivait : donc elle ne voyait plus personne du village où elle n'allait jamais, séparée complètement de MM^mes de Monticourt, des parents de Félix et du presbytère bien entendu, se rejetant sur son enfant, sur son père, sur son faux mari.

Là encore, elle ne trouvait qu'amertume et désillusion. Le petit Henri redemandait parfois son père et cette voix d'enfant était comme la voix de Dieu que l'on étouffait bien vite. Mathieu ne pouvait accueillir pour gendre un individu qui dans sa croyance ne l'était ; il maudissait ses erreurs mais encore plus celles de sa fille qui ajoutaient à ses remords. Félix, les premiers enthousiasmes passés, étouffait dans le voisinage d'une femme qu'il sentait n'être qu'une dévoyée ; il ne l'estimait pas, sans se l'avouer, pas plus qu'il ne s'estimait lui-même en s'avouant les mobiles auxquels il avait cédé. Il déplorait sa rupture avec ses parents dont il était l'unique consolation ; il regrettait son avenir perdu.

Des scènes pénibles où l'un et l'autre essayaient de se tromper sur leurs véritables sentiments éclatèrent parfois, scandalisant les ouvriers et les servantes restés à leur service. Car telle était la réprobation générale qu'ils trouvaient difficilement des bras pour la ferme.

Henri n'allait point à l'école communale, vu la distance et aussi pour éviter des lazzis de petits camarades sans pitié dont les paroles fussent venues souffleter les parents jusques chez eux. Sa mère l'instruisait à ses moments perdus, s'ingéniait à distraire le pauvre enfant tristement isolé dans cette vaste habitation silencieuse. Un jour que tout le monde était aux champs pour les foins, il fureta par les greniers et retira d'une malle, entre autres oripeaux, des fleurs et des rubans froissés et jaunis. C'étaient la couronne et la ceinture de noces de sa mère, la couronne et la ceinture du mariage avec Marius.

Il les redressa et déplia soigneusement, reconstitua tresse et bouquet ; puis profitant d'un moment où la jeune femme absorbée servait le dîner à la longue table des faneurs, il les lui posa sur la tête et au corsage, en riant.

Hélène les jeta brusquement au feu, repoussa l'enfant et pâlit atrocement. Personne ne dit mot, mais le coup avait été trop rude et trop subit ; un tremblement nerveux intense et un crachement de sang abondant la forcèrent à se retirer. Effrayé, l'enfant n'osa plus ni l'approcher, ni rire de longtemps.

Ces vieux jours que Mathieu s'était promis devoir être si gais et si longs s'écoulaient bien tristement pour lui et devaient être singulièrement abrégés. La mort l'envahissait plus rapidement chaque jour et il tournait son morne regard vers le petit carré d'ifs et de pierres blanches qui tachait le flanc du coteau. Ce n'était pas dans ces conditions qu'il avait cru fermer les yeux ; il aurait regretté la vie, pensait-il, et maintenant il s'en allait presque heureux.

Il fit appeler le curé pour lui confier ses dernières volontés et demander pardon à Dieu. Il voyait enfin que de ce côté-là seulement sont les vrais amis. Ce vieillard qu'il avait abandonné, critiqué, plaisanté, il le retrouvait avec bonheur. Mlle Leclerc, Marius, les autres qui mangeaient son argent et perdaient son temps en ruinant sa santé, qu'étaient-ils devenus ?

L'abbé Bertrand le consola de son mieux, atténuant les torts dont il s'accusait mais ne dissimulant pas le mal qui avait été fait à sa paroisse par le scandale de sa fille et se tenant sévèrement éloigné de tous rapports avec elle ou Félix. Il ne pouvait par les relations les plus simples donner prise à la critique et faire supposer qu'il approuvait leur état. Cet éloignement était le plus cruel châtiment que l'on pût infliger aux deux coupables et en vain Hélène essayait-elle de se persuader que sa situation était régulière, tout lui criait le contraire.

Les forces de Mathieu diminuaient cependant tous les jours, on ne pût bientôt plus se faire d'illusion sur l'issue fatale et le prêtre lui apporta les sacrements. Autour du lit du moribond se tenaient groupés ceux qui l'avaient estimé et connu autrefois et qui le plaignaient maintenant. Mme de Monticourt et sa fille étaient venues par charité chrétienne se joindre aux autres, et confus il leur avait demandé de le pardonner et de prier pour lui.

Il supplia que l'on introduisît sa fille sans que Félix l'accompagnât et Hélène, humiliée et en larmes parut devant ce tribunal domestique dont le juge était arrivé à son heure suprême.

— Mon enfant, dit le mourant, j'ai eu bien des torts envers toi et je commence par t'en demander pardon. L'homme est si imparfait qu'en croyant souvent faire le mieux possible il agit mal. Je t'aimais cependant et j'ai sacrifié ton avenir à mes visées personnelles. Mais ma faute à moi ne rend pas la tienne plus légère et alors que j'étais injuste c'était à toi d'être d'autant plus vertueuse et résignée. Ce qui est fait est fait ; mais à tout péché miséricorde et tout peut être réparé.

« Je te le demande en grâce avant de mourir, en souvenir de ta pauvre mère, sors de la voie funeste où tu es entrée. Quand la tombe va s'ouvrir, Hélène, que les mesquines passions d'ici bas s'éloignent, on s'aperçoit que Dieu seul est quelque chose et qu'il est le but vraiment raisonnable auquel on doit tendre. Le reste est misère passagère, égoïsme ; tu diras et verras un jour ce que je dis et ce que je vois.

« En présence de M. le Curé qui t'a baptisée, de MM^mes qui t'aiment toujours, en présence de tous ceux qui sont ici, (il n'y a point d'ennemis et par conséquent personne de trop), je t'adjure de ne pas élever ton fils autrement que tu n'as été élevée, c'est-à-dire de lui apprendre à être un honnête homme. Que l'expérience et le triste exemple que j'ai donné te servent au moins. Apprends-lui à aimer et à respecter son père, ton mari, et pour cela laisse ta seconde union retourner à néant. Vis seule en essayant de relever ton avoir amoindri et attends de la Providence que Marius te revienne changé ; mais encore reparaîtra-t-il avec ses travers et ses défauts, accueille-le comme un malade et guéris-le.

« Je n'en veux pas à Félix, il est plus faible que coupable ; mais devant Dieu il n'est rien pour toi, rien. Réfléchis et tremble en pensant à tes responsabilités.

« Tu as le cœur bon, tu écouteras les vœux d'un pauvre père qui a travaillé longtemps pour ton bonheur, quoique l'entêtement l'ait perdu. Adieu, mon enfant, adieu et pardon. »

Des passions diverses se partageaient le cœur d'Hélène ; elle aimait son père, et malgré ses torts dans l'affaire de son mariage, malgré la ruine qu'il avait en partie amenée à la maison avec ses dépenses exagérées et ses entreprises folles depuis quelques années, la mort qu'elle voyait arriver l'impressionnait vivement. Elle sentait tout ce que sa conduite avait d'incertain, de blâmable aux yeux de braves gens comme tous ceux qui l'entouraient. Elle était humiliée devant l'abbé Bertrand et devant MM^mes de Monticourt qui ne l'avaient pas revue depuis de longs mois et qui ne pourraient jamais la revoir et l'estimer tant qu'elle resterait ce qu'elle était pour eux, une épouse illégitime. Aussi après s'être agenouillée quelque temps, le front et les lèvres sur les mains de son père, disparut-elle rapidement sans saluer, farouche, les yeux baissés.

L'habitude prise, la terrible habitude du désordre qui cloue et paralyse les meilleures volontés secrètes, l'orgueil, la passion avaient encore vaincu cette fois, la retenant dans leurs bras de fer. Elle se révoltait à l'idée d'avouer publiquement ses torts par une rupture avec son second mari ; elle aimait Félix, l'avait toujours aimé, l'avait seulement aimé, car Marius n'avait eu que sa froide affection, que sa sympathie raisonnée et le cœur chez elle refusait de quitter le cœur ; elle voulait garder son Félix. Oh ! elle savait bien tout ce qu'on pouvait dire ; est-ce que sa conscience n'était pas là qui lui hurlait la vérité, qui protestait à chaque heure ; mais elle ne voulait rien entendre, heureuse de l'occasion légale qui s'était présentée de se détacher d'un mari abhorré et de vivre avec l'homme qu'elle eût choisi dès la première fois sans la pression paternelle.

Le père Mathieu n'eut pas la consolation suprême d'un retour dans la voie droite avant son dernier soupir. Ce fut là son châtiment.

XII

Lui mort les choses ne firent que s'aggraver, les peines morales et les querelles d'intérieur s'augmentèrent de difficultés et de tracasseries matérielles.

Mathieu laissait une succession fort embrouillée et dont les charges étaient de beaucoup supérieures aux bénéfices que l'on en pouvait tirer. Tant qu'il avait vécu, ses débiteurs anciens camarades, voisins, obligés n'avaient rien dit, patientant et désireux de le laisser mourir en paix. Mais maintenant qu'aucune considération ne les retenait plus, ils se montraient avides, tenaces, impitoyables. Félix et Hélène étaient loin de les intéresser, au contraire; en quelque sorte chargés de la vindicte publique, représentants de toutes les haines qui couvaient depuis longtemps contre ce scandale inouï dans la contrée, ils eussent voulu en les ruinant, les écraser et les faire disparaître. Félix ne pouvait espérer de secours du côté de ses parents, Hélène jalousée pour toutes ses grâces et ses qualités, desservie par Mlle Leclerc était peu aimée. Ses meilleurs protecteurs, ses seuls amis elle les avait découragés et l'eussent-ils voulu qu'ils n'auraient pu décemment lui tendre la main. C'eût été en quelque sorte l'autoriser dans sa révolte, l'aider à continuer une vie anormale dont ils gémissaient et qu'elle ne semblait pas vouloir abandonner.

On vendit les terres et le bétail d'abord, la ferme de La Chesnaie elle-même ensuite. Hélène vit s'en aller brin à brin, lambeaux par lambeaux, tout ce qui lui rappelait l'existence heureuse et insouciante de la jeune fille; après les souvenirs de l'enfant les tendresses de l'aïeul, en même temps que les rêves de la femme les joies de la mère. C'était non-seulement l'aisance qui disparaissait avec ces grands bahuts que l'on chargeait, ces chevaux et ces bœufs qui s'éloignaient en mugissant, ces vieux domestiques qui croyaient mourir là et cherchaient de quel côté ils porteraient leurs hardes et offriraient leurs bras; c'était tout un passé de plusieurs générations, les sueurs, les privations d'un siècle qui s'engloutissaient à jamais.

Avec le petit avoir qu'ils gardaient provenant de la liquidation de succession, de la vente, et de quelques sommes propres à l'un ou à l'autre, Hélène et Félix voulurent s'éloigner de Monticourt et parcoururent différentes communes sondant les dispositions des habitants à leur égard. Elles leur furent hostiles. Femmes pour leurs maris et maris pour leurs femmes craignaient l'influence continue d'un exemple funeste. Leurs connaissances d'autrefois ellesmêmes se montraient froides; Maître Raymond craignait pour sa clientèle, celui-ci à cause de ceci, celui-là à cause de cela : Marius de plus avait ses partisans.

D'un commun accord ils allèrent se fixer dans une ferme forestière encore plus isolée que La Chesnaie, La Grange au Bois. Félix essaya en vain de se faire admettre par l'Administration des Forêts ; on ne lui objectait rien officiellement mais officieusement on lui faisait savoir qu'il était impossible comme garde ou régisseur de domaines.

Hélène entrevoyait dans l'avenir le sort réservé à ces deux êtres innocents, son Henri déjà robuste et sa Jeanne, frère et sœur sans l'être, destinés aux plus terribles découvertes pour sa dignité et son amour maternels. Félix involontairement rudoyait Henri, Hélène ne pouvait toucher sa fille sans frémir, pour l'un comme pour l'autre ces enfants étaient un remords vivant. Plus que mille raisonnements la présence du fils de Marius et de la fille de Félix établissait d'une manière évidente l'impossibilité de leur état.

Les pauvres petits grandirent entre une mère invariablement triste et un père découragé. Intelligents et dociles, comme avertis par un secret pressentiment des douleurs cachées qui les entouraient, ils s'élevèrent seuls, apprenant les leçons qui leur étaient données et se promenant çà et là dans la forêt embaumée. Henri comprenait mille choses et sans rien s'expliquer mais douloureusement averti par quelques méprises ne soulevait jamais de questions qui eussent été un embarras pour les parents. Il se souvenait de Marius et remarquait que Félix ne le caressait jamais de la même manière, alors qu'il dévorait Jeanne de baisers. Sa mère d'autre part pendant les noires nuits d'hiver venait prier au pied de son petit lit et le tenait embrassé de longues heures comme pour le dédommager. Les enfants du village lui lançaient aussi des mots de moquerie qui le faisaient pleurer sans qu'il sût pourquoi mais où le nom de sa chère mère revenait quelquefois avec des sifflets qui pour lui étaient une torture. Ne jouant jamais avec d'autres petits garçons de son âge, les rencontrant seulement au catéchisme et à la sortie des offices, il gardait une figure rêveuse et triste. On eût dit qu'il sentait de quel poids pesaient sur sa destinée les fautes de son père et surtout la conduite de sa mère.

Les parents de Félix, avec la faiblesse et les préventions naturelles aux parents, avaient rejeté sur Hélène tous les torts de l'union de leur fils, le considérant comme mille fois plus à plaindre qu'à blâmer. Les traditions, la croyance religieuse, l'estime publique s'opposaient à ce qu'ils reçussent et vissent Hélène, mais après avoir longtemps repoussé leur fils ils l'accueillirent enfin. Le sang avait été plus fort que toutes les rancunes ; ils aimaient même la petite Jeanne. Fille d'une femme qui appartenait à un autre qu'à leur fils selon la vérité et la justice, ils ne pouvaient s'empêcher de retrouver sur ses traits l'image de leurs propres traits.

Félix ne parlait jamais d'Hélène et subissait même, quand elles revenaient aux mauvais jours, les récriminations et les insultes de ses parents sans protester et sans la défendre. Lâchement, il se faisait cette réflexion à lui-même, qu'il la servait peut-être mieux en ne répondant pas et en laissant mettre tous les torts à son compte. Le père et la mère Cosson allaient cependant trop loin, car après tout Félix avait autant et peut-être plus de torts qu'Hélène.

Par un beau dimanche de juin, Félix prit sa fille qu'Hélène venait de vêtir coquettement de blanc et gagna à travers champs les maisons de Monticourt où il voulait arriver par les jardins. Il était trois heures de l'après-midi et le vent soufflait tiède et parfumé sur les tiges inclinées des blés. Les cerisiers piquetés de rouge, les pruniers zébrés de violet laissaient s'envoler des nichées de maraudeurs chantants.

— Pauvre chère mignonne, murmurait Félix, en soulevant Jeanne qui se berçait doucement dans ses bras au balancement de son pas, pourquoi faut-il que tu sois ma fille dans d'aussi détestables conditions ! Pourvu que le Bon Dieu ne te fasse pas porter la peine de tes parents et que tu ne souffres pas trop dans la vie. Non tu ne souffriras pas, chérie, tout s'arrangera si je vis car tu es à moi toi, bien à moi, personne ne peut t'enlever à mon amour. Et quand même tout le monde m'abandonnerait, quand ta mère retournerait au passé, quand même Marius reviendrait, tu seras toujours mon sang, ma fille ».

Et il la serrait plus fortement contre sa poitrine. Etonnée et souriante la petite lui rendait ses baisers tout en égrenant de ses doigts roses les baies d'une branche de mûrier sauvage.

Ils approchaient de la haie épineuse qui clôturait le parcage du père Cosson, quand par le sentier Félix vit venir Henri. Le cher enfant revenait triste et modeste comme toujours, son catéchisme à la main, tête nue, des vêpres de la paroisse. La servante, malade, n'avait pu l'accompagner et il était parti seul, heureux malgré les regards mauvais des gens et le nom de petit sauvage qu'ils lui donnaient. Oui, heureux, car le dimanche et l'église c'était le seul rayon de soleil dans ses jours sombres ; il savait trouver là quelqu'un qui l'écoutait et l'aimait autant que sa mère, un enfant comme lui qui lui tendait toujours les bras pour l'inviter à approcher. Isolé dans le coin le plus reculé et le plus obscur, derrière le confessionnal vermoulu, il parlait à la Sainte Vierge et au petit Jésus, leur racontant ses chagrins, ses désirs ; demandant pour Hélène, pour sa petite sœur, pour un autre dont on ne parlait jamais mais dont lui n'avait connu que les sourires, pour l'homme qui devait avoir causé des malheurs, fait mourir son grand'père et pleurer sa mère : bonheur, santé.

Quand il revenait près d'Hélène, il l'embaumait pour ainsi dire du parfum de sa prière d'ange ; il semblait à la malheureuse qu'il la rattachait à Dieu et qu'il était un messager de pardon.

D'autres fois aussi, en secret, quand l'église s'était vidée, le vieux curé le prenant par la main l'emmenait dans son jardin pour y cueillir des fleurs destinées à l'autel et sans dire un mot, sans lui parler de ses parents, le renvoyait avec sa bénédiction. Comme c'était bon cette main tremblante fortement appuyée sur sa tête avec de douces paroles, comme c'était bon aussi les longs regards de ces deux dames en deuil qui l'enveloppaient de loin, de ces

(FEUILLETON N° 8).

deux dames qu'il avait vues autrefois, tout petit, à La Chesnaie et qui maintenant passaient sans l'arrêter. Pourquoi son papa Félix ne le bénissait-il donc pas comme le bon prêtre, pourquoi sa mère n'avait-elle pas les traits calmes, les yeux reposés de ces femmes en noir?

Il s'approcha timidement de Félix, souriant à sa petite sœur, et prêt à continuer son chemin si on ne lui disait pas de s'arrêter. La petite fille voulut le garder, descendit des bras de son père et le traîna par la main. Il résistait, sentant que sur eux trois il y avait quelqu'un de trop, lui, et désireux de retourner près de sa mère pour jouir des caresses particulières à sa solitude. Mais les pensées douloureuses qui obsédaient Félix l'avaient rendu meilleur et lui donnèrent un mouvement généreux. Il se dit que ce pauvre abandonné, si docile, si aimant ne devait pas supporter les tristes conséquences de leur faute à sa mère et à lui, qu'il y avait quelque part un père dont le cœur saignait peut-être au souvenir de son fils, qu'il serait heureux que l'on rendît un jour à sa fille ce qu'il faisait pour un autre, et il emmena Henri, obéissant mais non joyeux, chez les Cosson.

Les vieillards étaient absents au moment de l'arrivée de leur fils et ne virent d'abord rien à leur retour, car les enfants jouaient au jardin. Les heures passèrent comme cela arrivait dans ces tristes entrevues, presque muettes; Félix plus sombre que de coutume, ses parents plus inquiets. A la chaleur du jour avait succédé un vent de tempête qui amena rapidement sur l'horizon d'énormes entassements de nuages rougis d'éclairs intermittents. Aux premières gouttes de pluie le frère et la sœur rentrèrent, Jeanne introduisant son aîné, qui ne se sentant pas chez lui, d'instinct hésitait au seuil de cette maison inconnue.

En le voyant la mère Cosson embrassa Jeanne sournoisement et regarda son mari qui, tourné vers son fils, l'interpella brutalement par un :

— Eh bien qui est-ce celui-là, que vient-il faire ici et qui l'a amené?

Son sourcil froncé et sa grosse voix effrayèrent Jeanne, qui claquant ses petites mains l'une contre l'autre, regardait bouche béante son grand père, son père et son frère.

— Qui t'a prié d'entrer ici, gamin? reprit le père Cosson; je suis chez moi, je ne te connais pas et je pense que ce n'est pas pour nous que tu es venu. Tu t'es trompé de porte, vas voir chez ta mère si j'y suis!

Des larmes dans les yeux, Henri jetait sur celui qu'il n'appelait jamais son père mais qu'il obéissait et respectait, un humble regard où se lisaient le reproche et la prière. Qui lui avait commandé de venir, et pourquoi l'introduire dans une maison d'où on le chasserait; sa mère n'était donc rien pour lui qu'il la laissait directement insulter dans la personne de son fils?

Félix lui fit seulement signe de partir; geste lâche, ennuyé. Il voyait déjà maintenant dans le fond de sa pensée le jour où, quittant Hélène d'une manière ou de l'autre, il rentrerait au foyer de famille et il ménageait ceux surtout dont il devait hériter. Ses idées généreuses n'avaient pas persisté; sa vie était intolérable et il briserait sa chaîne de plomb, une union aussi lourde, aussi peu précieuse mais aussi fragile que ce métal. Que lui importait après tout ce fils d'un autre, n'était-ce pas assez de le voir continuellement et de l'abriter dans sa demeure maudite?

Fier, l'enfant embrassa sa petite sœur et referma la porte. Plus juste et meilleure que son père, Jeanne après avoir réfléchi, plaça sur sa tête son chaperon et se haussant pour atteindre le loquet voulu partir à la suite du banni. On se précipita pour la retenir, et bousculée, la mignonne alla plaintive, s'asseoir sur l'escabeau du coin le plus reculé.

La pluie tombait épaisse, continue, obscurcissant le jour comme un voile, le tonnerre roulait au loin. La mère Cosson, femme quand même, et songeant à l'être délicat qui devait actuellement subir le mauvais temps, pataugeant mouillé dans les ornières, effrayé par l'orage, ayant faim peut-être et le cœur gros de chagrin, ne put s'empêcher de dire en poussant un soupir.

— On aurait dû attendre quelque peu, ce n'est pas là un temps pour mettre un enfant dehors. Il peut en faire une maladie; et s'il est malade qui est-ce après tout qui en pâtira, ce sera toi, Félix. Qui a la brebis doit garder les agneaux, il ne fallait pas prendre la femme tu n'aurais pas sur le dos le mioche d'un autre. En tous cas, il était aussi simple de ne pas l'amener.

— Jamais tant que le lieutenant vivra je ne considérerai le second mariage comme valable, cria le père Cosson. Je reçois Félix et sa fille mais les autres je ne les connais pas; les héberger serait reconnaître publiquement que j'admets cet état, qu'ils peuvent avoir des droits à mon affection ou à mon bien. Jamais, jamais... Te tairas-tu, toi, là-bas?

La petite Jeanne sanglotait en effet doucement et elle, qui était habituellement choyée chez son grand-père, subit le contre-coup de la guerre déclarée sourdement et pour toujours entre les membres divers de sa famille. Les réflexions devinrent de plus en plus aigres : Félix piqué à la fin répondit et si bien qu'il ne resta pas pour souper et partit fâché à la première éclaircie.

Cette promenade qui avait commencé à peu près gaîment finissait bien mal, empoisonnée ainsi que tous les plaisirs légitimes qu'il pouvait prendre : désespoir, langueur, remords à la maison, reproches, colères, chagrin chez les siens. Il ne sortait jamais avec Hélène, sa fille il osait à peine dire que c'était la sienne, et aujourd'hui qu'il avait repoussé le fils de l'autre il était à son tour repoussé par son père.

Quand il rentra Hélène couchait son fils secoué par la fièvre. Ému, tremblant, le pauvre petit avait fait sous l'orage la longue lieue qui sépare Monticourt de la Grange-aux-Bois. Ses vêtements humides l'avaient glacé après la chaleur de la journée, l'action de la promenade et du jeu. Il ne s'était pas plaint; cependant comme il était en retard de plus de deux heures et que sa mère, le sachant seul, avait traversé de mortelles inquiétudes, il avait été forcé d'avouer que Félix après l'avoir emmené avec lui l'avait ensuite renvoyé, mais sans rien ajouter.

Comprenant tout et ne pouvant récriminer sans s'exposer à des questions de l'enfant qui lui eussent percé le cœur, elle se tût, le soignant avec une tendresse passionnée et refoulant ses larmes. Elle ne se plaignit pas, elle non plus, et ne fit nulle allusion au retour de Félix; mais sa douleur sans éclats était plus redoutable que des récriminations. L'amour faux qui les tenait réunis avait perdu son dernier prestige à la lueur d'un flambeau toujours ancien et toujours étincelant : les exigences de la maternité, ses affections et ses devoirs.

Félix était plus faible que mauvais, gémissant à chaque heure de ses misères alors surtout que, comme ce jour-là, un coup plus rude, une douleur plus poignante lui rappelaient son malheureux sort. Son amour d'autrefois pour Hélène il le sentait fuir tous les jours comme on voit couler l'eau à travers les fissures d'un vase brisé. Et cependant la chaîne de forçat qui les rivait, lui et elle, ils eussent voulu la briser qu'ils ne le pouvaient plus complètement, la petite Jeanne était toujours là maintenant pour les empêcher de rompre. En se déchirant le cœur l'un à l'autre ils la laisseraient encore orpheline. Ils étaient enfoncés dans le bourbier et les fleurs du rivage ne pouvaient, même arrachées, servir à les en tirer.

De la chambre voisine où il couchait habituellement, Hélène avait transporté Henri dans sa propre chambre pour être sans cesse, la nuit comme le jour, à même de le soigner; le berceau de Jeanne avait été reprendre la place vide. Une pleurésie s'était déclarée et la mère anxieuse ne dormait plus.

— S'il meurt, avait-elle dit à Félix, je pars le lendemain, mais je me reprocherais comme de l'avoir tué moi-même de vivre avec toi une heure de plus!

Tant que dura la maladie, la pauvre femme ne vécut pas. La situation pécuniaire de la maison était difficile; elle ne calcula rien. N'était-ce pas plus que la vie ou la mort d'un enfant qui se débattait entre ses bras, mais la vie ou la mort de quatre existences. Henri était en ce moment pour elle l'incarnation du devoir; en le soignant, en le sauvant, il lui semblait qu'elle était toujours vraiment digne. Lui seul ne lui reprochait rien; elle poussait ce sentiment de la maternité vraie qui la reliait à lui jusqu'au délire, jusqu'à l'injustice.

Elle avait enlevé à Jeanne tous les objets qui pouvaient être utiles dans la maladie de son frère : couvertures, édredon, serviettes. Elle ne s'en occupait plus, considérant comme un crime de ravir une minute à l'enfant de Marius. La petite passait des journées sans manger et sans être habillée.

Félix fut obligé d'en faire l'amère remarque et de formuler ses réflexions.

— Pense un peu à Jeanne, dit-il, elle finira, négligée, par tomber malade aussi ou par se tuer accidentellement en mon absence.

— Que ne t'en occupes-tu toi-même, répondit brusquement la mère affolée, c'est ta fille à toi.

— N'est-ce pas la tienne aussi, malheureuse, et ne lui dois-tu pas la même attention qu'à l'autre ?

— Mon fils d'abord, mon fils vrai ; il m'est d'autant plus sacré et cher que par ma faute il n'a plus que moi, je lui dois doubles soins puisque je suis tout à la fois et son père et sa mère. Jeanne, la fille de nos malheureuses illusions, il vaudrait peut-être mieux qu'elle ne m'eût pas et peut-être me perdra-t-elle un jour. Reste-lui tout entier.

— Mais encore au moins ne la dépouille pas et ne la laisse pas mourir de faim.

— Tant qu'il y aura une obole ici qui m'appartienne, je la consacrerai à Henri, il a été assez dépouillé pour que je ne lui refuse rien. Ta fille sera toujours à l'abri, elle a les tiens. »

Le malade se remit lentement, cher petit martyr dont l'intelligence précoce devinait sans les comprendre les douleurs de sa mère et qui essayait de l'en consoler par sa douceur, sa patience, ses caresses, ses remerciements.

— Ne pleure pas, mère, lui murmurait-il à l'oreille dans les veillées fiévreuses, je t'aime bien pour tous. Quand je serai grand tu t'appuieras sur moi, et ceux qui te font de la peine se retireront, sans que j'aie besoin de les chasser, en voyant comme je t'aime fort. Tu travailles trop, ta figure change, à toi qui étais belle autrefois comme la Sainte Vierge ; tu ne sors jamais. Mais je travaillerai pour deux, je te promènerai loin, bien loin, dans de beaux jardins, à nous deux, et tu redeviendras gaie, et les gens te salueront, te souriront avec ton Henri parce que je leur expliquerai comme tu es bonne, et ils t'aimeront. »

Et elle se disait la triste jeune femme que Dieu parlait par la bouche de cet enfant. Marius absent, n'était-ce pas avec ce fils seul qu'elle pouvait passer la tête haute dans la vie. Si elle n'avait eu que lui, les portes des amis lui eussent partout été ouvertes ; elle pouvait en être fière et le montrer. Sa Jeanne au contraire, Félix, c'était la séparation et l'exil ; ils ne pourraient jamais marcher de front sans que la mort fût passée par là : le fils du lieutenant ne serait jamais qu'un étranger pour les Cosson de même que Jeanne une bâtarde pour Marius.

Et elle l'aimait son fils, elle l'aimait pour tout le bien qu'il lui faisait, pour le baume qu'il répandait sur ses blessures secrètes. Sans qu'ils se détestassent, mais avec le sentiment réciproque de leurs responsabilités, chaque jour au contraire séparait davantage et Félix et Hélène.

XIII

Mesdames de Monticourt compatissaient de loin au sort de leur malheureuse amie, suivant la marche de l'erreur, et attendant après les douleurs et le dégoût quotidiens, le repentir final. Elles s'informaient d'elle et s'arrangeaient de manière à ce qu'elle sût que leur cœur et leurs bras lui étaient tout ouverts pour l'heure du retour.

Une raison pressante et étrange les faisait s'occuper du reste d'Hélène plus activement qu'elles ne l'eussent fait pour le seul intérêt de leur affection, c'est qu'elles étaient devenues des intermédiaires, des messagères et qu'elles se considéraient comme obligées à un grand devoir. Non seulement l'abbé Bertrand les avait priées de se joindre à lui pour faire cesser ce scandale dans sa paroisse et tenir ses promesses envers Mathieu mourant ; mais Marius lui-même, sachant où il trouverait l'intérêt véritable et le dévouement affectueux, avait écrit à ces dames pour les supplier de lui donner des nouvelles de son enfant et ménager sa réconciliation, si cela était jamais possible. Le lieutenant comprenait ses torts et se repentait.

Madame de Monticourt affaiblie par l'âge et la maladie était dignement remplacée par sa fille Renée qui ne laissait point périr les traditions de charité et d'apostolat de la famille.

Elle notait les événements et ne désespérait pas de l'avenir. Elle devinait les regrets, la lutte incessante, les désirs généreux d'Hélène, malgré l'éloignement et la hautaine réserve de celle-ci qui ne faisait de confidences à personne, connaissant à fond sa petite camarade d'enfance. Elle l'avait rencontrée plusieurs fois et son visage était pour elle un livre ouvert où elle pouvait toujours lire. Dominant donc son ancienne répulsion pour Marius, elle lui avait, au nom de sa mère, donné à plusieurs reprises des nouvelles d'Henri et parlé d'Hélène sans cependant entrer dans des détails qu'elle ne connaissait pas pertinemment et affirmer ce qu'elle ne faisait que deviner.

Marius, Hélène, Félix, leurs amis et leurs parents, tout le monde désirait un changement inespéré. La faute avait été commise ; il fallait en subir les conséquences jusque dans leurs plus pénibles extrémités.

Mademoiselle Leclerc de son côté, après une absence assez longue, avait cru devoir revenir au pays pour se refaire la santé et continuer ses bonnes œuvres. Elle avait fait réparer et transformer à nouveau sa demeure où elle avait installé deux de ses anciennes camarades de Paris, puis avait acheté pour son propre compte, du fermier qui la possédait, la ferme de La Chesnaie. Le caractère antique presque seigneurial de l'abbaye ne déplaisait pas à ses goûts de parvenue aux prétentions luxueuses. C'était une sorte de château qu'elle élevait contre l'autre château. La Chesnaie donc, cette demeure restaurée avec tant de peine par la famille d'Hélène, était devenue la propriété de la vieille débauchée sa plus mortelle ennemie.

Les événements politiques avaient marché ; il y avait loin des splendeurs du couronnement aux terreurs et au découragement de l'heure présente. Battu sur toute la ligne, malgré son génie, par les efforts de l'Europe coalisée, trahi par ses généraux, l'Empereur marchait à sa perte. Il sollicitait en vain incessamment de nouveaux sacrifices d'hommes et d'argent, demandait de nouveaux combats. Épuisée la France ne pouvait plus rien, elle s'était ruinée à payer sa gloire. Les armées étaient composées de conscrits et encore souvent le rebut des précédentes levées. De tous jeunes hommes se mariaient pour échapper à l'enrôlement, les remplaçants se payaient des fortunes puisqu'il y allait habituellement de la vie.

Endetté, assailli par les récriminations des siens, sans joie et sans paix auprès d'Hélène, Félix pensa trouver dans cet ébranlement général de la France une solution à son intolérable état de gêne matérielle et de réprobation morale. Il se dit que la mort de Marius ou la sienne trancherait la question qui clouait Hélène au pilori, que peut-être ferait-il une fortune rapide par ce temps où la mort fauchait incessamment et où l'on arrivait vite aux premiers grades, qu'il aimait mieux dans tous les cas sortir d'une manière violente de l'atonie qui le paralysait et aller attendre au loin la suite des événements.

Il s'aboucha donc avec la famille d'un jeune cultivateur fort riche des environs dont la santé chancelante faisait redouter le départ, se fit admettre comme remplaçant et toucha une somme considérable.

Cela fait il revint à la Grange-aux-Bois et parcourut tristement les lieux divers des environs témoins des rêveries de sa jeunesse, des sombres désillusions du présent. Il ne restait plus rien de cette affection d'autrefois développée en dehors du devoir et se terminant aujourd'hui non pas par une froide amitié même, mais par la répulsion et par la fuite mutuelle.

Il entoura, pendant les derniers jours de sa présence près d'elle, la jeune femme de soins d'ami, de paroles douces sans être tendres qui l'étonnèrent. Avec le pressentiment que tout allait être fini pour eux, il voulait la laisser sous une bonne impression, que son souvenir restât pour elle comme estompé d'heureux jours et de repentir dans le passé. Il dévorait de caresses sa Jeanne, pauvre innocente sans appui véritable sur la terre, et traita amicalement Henri dont il ne voulait pas que la haine le poursuivît plus tard.

Sans rien dire de précis, il disparut. Un testament dont Me Raymond envoya une copie à Hélène lui apprit seulement quelles résolutions extrêmes il avait prises, se condamnant le premier et pour tous deux à l'expiation.

Il lui abandonnait la jouissance de son prix de remplacement jusqu'à la majorité de Jeanne, qui il l'espérait, innocente aux yeux de son père et de sa mère, hériterait de leur avoir total. Il ne s'expliquait sur rien, laissant au tact, à la loyauté d'Hélène le soin de trancher les difficultés selon que les circonstances exigeraient telle ou telle solution différente. Il ne semblait pas supposer néanmoins, d'après cet ensemble de précautions, son retour comme probable ou même possible.

Hélène surprise eût un instant d'étonnement mais elle se remit vite, accepta un mode de vivre qu'elle préférait et sut promptement arranger les choses pour se mettre à la hauteur de ce qu'il y avait de grand dans la conduite de Félix. D'affection, il n'en pouvait plus être question ;

(FEUILLETON N° 9).

elle s'était dissipée, évanouie sous les coups répétés du sort, l'empoisonnement du remords, les dures nécessités de chaque jour, mais au moins il gardait son estime, elle ne lui en voulait plus de sa faible complicité, il lui semblait qu'il avait toujours été et qu'il restait pour elle, un ami.

De tout ce qui pouvait revenir à la petite Jeanne du côté de son père elle fit un scrupuleux inventaire qu'elle adressa aux Cosson, au deuil par le départ de leur fils, leur envoyant en même temps l'enfant, de l'affection de laquelle elle se privait héroïquement dans son propre intérêt, pensant par là lui attacher les vieillards pour toujours.

Repentants de leur dureté envers le père ils gardèrent la fille pour réchauffer leurs derniers jours de son clair regard et de son babil aimant. Ce fût un déchirement pour la mignonne de quitter Hélène; elle ne comprenait rien à cette séparation, mais les caresses de la mère Cosson la consolèrent peu à peu.

Seule avec son fils, Hélène se mit à lutter contre la mauvaise fortune, travaillant en mercenaire, pénitente résignée et courageuse dans son expiation. Stimulé par ses conseils et par son exemple, Henri devenait un homme par l'énergie et l'expérience de la douleur.

XIV

Les jeudis ou les dimanches, à la nuit tombante, elle lui prenait la main et ils s'en allaient par un sentier sous bois jusqu'au cimetière de Monticourt. La tombe de ses parents était pour Hélène le seul endroit où elle pût venir chercher du calme et des conseils. Doublement veuve sans l'être, avec deux enfants frère et sœur séparés par le nom et par le sang, pauvre après l'aisance, privée d'amis après avoir été fêtée, s'étant fermé à elle-même le temple de Dieu, elle n'avait que le cimetière, cet éternel asile des douleurs, ce consolateur dans sa désolation.

Un soir qu'elle retournait au logis et que diverses commissions lui avaient fait changer son itinéraire habituel, elle eut la fantaisie de passer du côté de La Chesnaie et de revoir, pendant quelques instants, ces murs qu'elle n'avait pas vus depuis longtemps.

Des bruits de voix arrivaient jusqu'à elle, alors qu'elle approchait du jardin, et ne pouvant plus reculer elle fût obligée de continuer son chemin et d'entendre la conversation animée et les rires qui montaient dans le calme de la campagne. Elle distingua le timbre de Mlle Leclerc, les autres personnes, ses nouvelles amies lui étaient inconnues, mais il s'y mêlait de gros rires et des exclamations qui lui étaient familières comme appartenant à des paysans de Monticourt. On parlait des événements du jour qui se précipitaient, de la chute probable de l'Empire, de l'invasion et du retour des Bourbons.

— Qui eût jamais dit cela! criait Mlle Leclerc; pas moi d'abord qui ai vu trancher la tête de Louis Capet et qui croyait la Monarchie morte avec lui. Il a voulu aller trop vite le Petit Caporal, et cependant il n'a pas fait que de mauvaises choses. La guerre? Ah! je comprends que les jeunesses, les papas et les mamans ne l'aiment pas la guerre; mais, moi, je m'en moque tant qu'on ne nous l'amènera pas ici. Je serais dans le cas alors de quitter la France et d'aller porter mes os en Angleterre. A propos de guerre, est-ce vrai Paquot ce que l'on m'a dit du nouvel épouseur de la belle demoiselle Mathieu? Il en aurait déjà assez lui aussi et il l'aurait quittée? Il fallait qu'elle fut devenue insupportable pour qu'il préférât les balles étrangères puisque m'a-t-on dit il s'est fait soldat volontaire.

— Sans cela sa situation n'était guère tolérable allez! Mamzelle; songez donc être marié sans l'être!

Hélène avait dû entendre ces réflexions qui la faisaient rougir en la présence d'Henri qui marchait à ses côtés. Elle le regardait en hâtant le pas, mais l'enfant qui entendait cependant les noms ne fit aucune réflexion. Il savait Mlle Leclerc ennemie de sa mère, il voyait celle-ci inquiète et tremblante, il se disait donc que ce dont on parlait ne pouvait que lui être pénible et il préférait, le cher petit, faire celui qui n'écoutait pas. Les mystères de la famille l'avaient depuis longtemps appris à ne pas interroger. Le châtiment était assez grand pour Hélène; le mépris de son fils innocent l'aurait tuée.

Elle voyait de jour en jour plus clair dans la conduite qu'elle avait menée depuis le départ de Marius et se repentait chaque fois qu'elle récapitulait son passé, qu'elle examinait le mobile de ses actes, qu'elle considérait les lamentables conséquences d'un manque d'énergie dans le devoir.

Et c'était chaque jour de semblables renouvellements de douleur, chaque jour des rencontres fortuites où il y avait à pleurer ou à rougir.

Les enfants se retrouvaient en cachette, Henri longeant la haie des Cosson et Jeanne la franchissant. Quand ils se savaient seuls ils s'asseyaient sur un talus de fossé, derrière un arbre, et Henri racontait à sa sœur tout ce qui se passait à la maison, l'embrassant pour sa mère, lui expliquant que parti pour un grand voyage le père reviendrait bientôt. Et en disant cela le pauvre enfant se montrait héroïque, car pour lui ce n'était pas ce père là qui l'inquiétait, il se disait qu'il y en avait un autre que lui seul connaissait mais dont il n'avait point à parler à Jeanne.

Puis quand il était saturé pour ainsi dire des caresses de la fillette il retournait près d'Hélène qu'il embrassait bien fort et à laquelle il racontait toujours qu'un hasard lui avait fait rencontrer Jeanne, puisqu'il lui était défendu d'aller la trouver, et qu'elle l'avait bien embrassé pour sa maman en demandant d'aller la revoir.

Et la jeune femme pleurait en songeant à ces deux petits êtres innocents séparés dans son affection à elle, séparés dans l'affection de leurs pères, séparés même dans leur affection à eux par un abîme.

XV

Le sol français venait d'être envahi par six cent mille combattants; Allemands et Russes coalisés faisaient reculer pas à pas devant eux les armées impériales, l'étoile de César pâlissait. Se prodiguant avec une foudroyante rapidité, l'Empereur qui ne pouvait leur résister en ligne les poursuivait et les battait par groupes séparés. La marche des alliés incertains était par conséquent ralentie et difficile. La Champagne entière était en feu, traversée et retraversée, tantôt par les troupes étrangères, tantôt par les poignées de conscrits inexpérimentés que galvanisait le souffle du grand capitaine.

Argent, bestiaux, grains, avaient été dissimulés, écartés, enfouis; les populations campagnardes vivaient dans une anxiété continuelle, plus pénible que l'incendie ou la fusillade, ne sachant jamais à quel vainqueur elles devraient céder leur logis le lendemain et avec qui elles devraient partager leur dernier morceau de pain.

Monticourt ne fût pas épargné; sa position géographique, ses collines qui dominaient l'horizon le désignaient invariablement comme point d'occupation. La voie romaine de Trèves à Paris le traversait, et c'était sans cesse un va-et-vient de troupes de passage ou d'observation.

Lente, continue, glacée la neige s'entassait avec son triste et doux murmure au creux des sillons noirs qui fuyaient en pente, sur la route grise qui se perdait en serpentant au milieu du brouillard, çà et là sur les rameaux dépouillés et frissonnants des arbres.

A la lisière de la forêt, immobile, les yeux ardents, l'oreille ouverte au moindre bruit, statue équestre du silence attentif se dressait la silhouette indécise d'un cavalier, batteur d'estrade lancé au hasard en vue d'une prochaine rencontre.

On était au vingt-quatre décembre mil huit cent quatorze.

Les heures passaient, le lourd manteau, la croupe du cheval tachaient l'ombre de larges plaques blanches; en arrière, sous bois, quelques légers piétinements, le claquement de fanions qui fouettaient désespérément leurs hampes, indiquaient un groupe de lanciers. L'officier, au premier plan guettait toujours.

Tout à coup le village endormi à quelques pas semble s'éveiller; les lumières courent aux fenêtres; les toits, les murs se dessinent entre les sapins; la cloche tinte d'une voix étouffée mais joyeuse.

L'officier a tressailli; les bonnes et longues nuits de Noël avec leurs bûches, leurs souliers dans la cheminée, les bruyants réveillons, les nuits de Noël de son enfance lui repassent devant les yeux. Que font actuellement là-bas sa vieille mère qui l'a tant aimé, tant gâté; ses parents dont il était l'orgueil; sa femme qu'il a aigrie, changée; son enfant? Voilà des mois et des mois que par étapes il parcourt l'Europe, laissant comme de sinistres jalons ses camarades sur le sol; il a pensé souvent à eux, il les a regrettés et n'a plus compté les revoir. Le hasard et sa connaissance des lieux le ramènent aujourd'hui près d'eux.

Et cet homme pleurait, lui le bravache, le débauché moqueur, l'impitoyable; c'était

Marius.

Chaudes, pressées les larmes coulaient le long de ses grandes moustaches givreuses, de sourdes exclamations venaient en sons gutturaux heurter ses dents et agiter ses lèvres; l'homme, le paysan, le fils, le père eussent voulu s'élancer, le soldat veillait toujours.

A la fin cependant il se retourne vers ses cavaliers en arrière et leur fait signe de demeurer, puis pressant doucement de l'éperon les flancs de son cheval engourdi il avance prudemment au pas, s'arrête, recule, tourne bride puis repart au galop. Il traverse les haies, brise la glace des ruisseaux, franchit les barres de bois vermoulues qui clôturent les parcages. En approchant du village il s'oriente et vient s'arrêter au milieu des tombes du cimetière contre les fenêtres basses de la vieille église.

Debout sur les étriers, il écoute et regarde à travers les petits carreaux verdâtres qu'assemblent les innombrables filets de plomb entre les arêtes de pierre de l'ogive.

« Paix sur la terre aux hommes de bonne volonté ! redit le vieillard incliné sur l'autel, Seigneur ayez pitié de tous les hommes, enfants d'Adam ils sont frères. Pardonnez aux méchants ils ne savent ce qu'ils font. »

Les Noëls anciens montent aux voûtes sonores et se perdent dans les allées sous les arceaux ; filles, hommes, vieillards les uns en fausset, les autres en bourdon, chantent avec leur âme.

Au banc seigneurial, c'est bien toujours Mme de Monticourt courbée et mourante, avec des reflets séraphiques sur son visage de cire. C'est sa fille qui prie doucement auprès d'elle, invariablement drapée dans ses vêtements de deuil. Ceux-ci et ceux-là, il les reconnaît grandis ou vieillis selon les âges ; mais Mathieu, mais Hélène, mais son fils, où sont-ils ? Ah ! c'est vrai qu'il y a longtemps que lui-même les a écartés du temple, il y a longtemps que par sa faute ces cérémonies ne sont plus pour eux ! Cependant,....

Là-bas sous le porche, inclinée auprès d'un garçonnet n'est ce pas Hélène, cette femme qui prie ? Elle s'est dissimulée si habilement, qu'il a eu bien des maux à la retrouver, mais c'est elle ; ce port de tête est le sien, ces cheveux blanchis sont bien à elle. Et l'enfant ? Mais qu'est-il besoin de chercher ? C'est le vivant portrait de sa mère. Absorbé il ne voit plus que ces deux têtes.

Tout à coup un bruit sourd, lointain, traversant l'espace, un sifflement aigu l'avertissent qu'il a été aperçu et visé. Mais il est déjà trop tard pour fuir, d'autres balles abattent les croix de bois autour de lui et écornent les angles de pierre. Il tombe les bras étendus, la tête en arrière, pendant que les tuiles de l'église volent en éclats et que le cheval effrayé s'échappa au milieu des rues.

Quelques fantassins allemands s'étaient glissés aux avant-postes, et profitant de la circonstance qui animait la nuit et dissimulait leur présence, ils espionnaient le village. A la vue d'un cavalier ennemi ils s'étaient enfuis en déchargeant leurs armes ; une balle avait porté.

Effarés, tremblants, les fidèles se précipitèrent immédiatement hors du temple où l'office allait du reste finir, et chacun bousculant les autres courut vers sa maison pour se rassurer et rendormir dans leurs berceaux les petits anges éveillés.

Il ne s'écoula pas un quart d'heure avant que des milliers de cavaliers accourus à cette alerte n'envahissent, écuries, habitations, édifices. Les Français ne sont pas en force probablement car aucun ne paraît ; par contre de longues files de caissons roulent sans discontinuer, s'éloignant au cliquetis des sabres contre les étriers, au bruit des commandements répétés et brefs, des appels des sentinelles.

A l'église, le curé achève sa première messe. La poitrine trouée, l'officier français est étendu sur de la paille ; des Cosaques l'ont fait prisonnier et le gardent.

La messe de l'aurore a commencé et timidement une femme s'est agenouillée sur la dalle, soulevant la tête du mourant. Elle a défait la tunique, elle étanche le sang et entrouve les lèvres pour qu'il boive. Cette femme c'est Hélène, celui qui l'a amené c'est Henri. Il avait admiré tant de fois le portrait du lieutenant à La Chesnaie, qu'il l'a reconnu sans hésiter ; et comprenant son devoir, l'épouse redevenue elle-même n'a pas hésité un instant. On a voulu la repousser, elle a forcé la consigne ; elle a été s'agenouiller avec son fils aux pieds du général russe qui vient d'arriver pour occuper Monticourt et lui a réclamé cet agonisant, bientôt ce cadavre qui lui appartient.

Au petit jour, une charette emportait, aux yeux des gens de Monticourt étonnés, le lieutenant Marius vers La Grange aux Bois. Comme on traversait le village, Mlle Leclerc prévenue accourut s'interposer voulant avoir l'honneur d'offrir l'hospitalité à l'officier, son ami, disait-elle, et conformément à la volonté qu'il exprimerait dès qu'il aurait repris connaissance.

— Il ne vous est rien, Mme Cosson, criait-elle, c'est scandaleux ! Vous ne pouvez emmener chez vous un homme que Félix, s'il rentrait demain, jeterait à la porte. Vous ne pouvez être mariée deux fois ; vous l'avez abandonné, il ne vous est plus qu'un étranger. Que venez-vous faire ici ?

— Mon devoir, répondit Hélène, ce mourant est mon mari pour l'éternité et devant Dieu ; je le garde, osez venir me l'arracher.

Et terrible dans la revendication de devoirs dont l'accomplissement rachèterait sa légèreté, elle passe.

Marius fut installé à La Grange aux Bois qui appartenait en entier à Hélène et qu'elle pouvait lui offrir sans froisser sa pudeur. La mère Gérard prévenue arriva aussitôt et quand le lieutenant ouvrit les yeux après une crise violente, il put croire qu'il venait de faire un mauvais rêve et qu'il vivait encore les jours paisibles de La Chesnaie. Au pied de son lit, sa mère et son fils agenouillés ; le servant humblement et doucement, Hélène.

Il fut longtemps sans rien dire, regardant anxieux, les uns et les autres ; ne sachant s'il devait craindre ou se réjouir.

Mais la première, Hélène s'était inclinée le front contre terre et murmurait : pardon !

— Qu'aurais-je à te pardonner, mon amie ? sanglota l'époux ; tous les torts viennent de moi qui t'ai méconnue, froissée, humiliée. Je suis un misérable parce que j'ai été lâche et ingrat, mais au moins je vais mourir content puisqu'il vaut mieux que je meurre. Mon enfant !

Et Henri si craintif, si réservé avec Félix qu'il voyait depuis des années, se précipita amoureusement près de ce soldat farouche, blême, ensanglanté, qu'il ne connaissait presque pas.

— Mon père ! mon père ! tu ne mourras pas, cria-t-il ; car nous t'aimons bien, va, nous te guérirons et tu ne nous quitteras plus. Tu ne vois donc pas ma grand'mère qui pleure ici et qui ne croyait plus te revoir ? Regarde la donc !

Un voile était passé sur les yeux du blessé, ses mains hésitantes cherchaient autour de lui et il ne put que les poser sur le front de la vieille femme penchée auprès de lui. L'émotion avait été trop forte et il allait mourir.

La sueur froide et visqueuse coulait de son visage et de ses mains, il faisait des efforts violents pour se dresser sur son séant et retombait toujours. On était allé chercher l'abbé Bertrand. La vie ne voulait pas quitter ce corps robuste et l'agonie fût terrible. Comme il arrive souvent, avec la mort qui approchait le calme reparut sur les traits du moribond ; la pensée revint à son cerveau, il entrouvrit les yeux et attira le prêtre.

Ce qu'ils se dirent resta le secret de la miséricorde : mais quand le vieux curé se fût écarté, Marius fit venir sa mère, Hélène et son fils et après les avoir embrassés, il leur dit d'une voix qu'on ne lui avait jamais connue et que l'agonie n'affaiblissait point cependant.

— Ma mère je vous serai jusqu'à mon dernier soupir reconnaissant de ce que vous avez fait pour moi. Pauvre, vous vous êtes sacrifiée ; vous vous priviez alors que j'étais enfant, vous n'avez vu que moi partout et toujours jusqu'à en être trop bonne. Et moi je ne vous ai pas récompensée de vos soins et de vos peines comme je l'aurais dû, puisque je laisse votre vieillesse solitaire et dénuée par ma faute. Mais bonne mère vous avez été, bonne mère vous resterez et vous vous souviendrez encore assez longtemps de votre mauvais fils pour pouvoir l'accompagner de vos prières dans l'autre monde.

« Quand je vous ai épousée, Hélène, j'étois guidé par le seul intérêt. Corrompu par la vie des camps, endetté, paresseux, je rêvais une existence de satisfactions grossières que la seule fortune pouvait me procurer. Je fis de mon mariage avec vous une question capitale dans laquelle je déployais toutes les ruses mais où le cœur n'avait aucune part. J'ai abusé de votre affection pour votre père, de votre indulgente bonté, de votre inexpérience même de la vie pour vous lier à un misérable. J'ai été cruellement puni. Mal conseillé je vous ai fait souffrir mille tortures, je vous ai bafouée, découragée, aigrie, vous si bonne, si aimante. Et quand mon œuvre

(FEUILLETON Nº 10).

détestable a été terminée, elle a porté d'elle-même ses fruits. Je vivais dans la débauche, je semais le blasphème autour de moi, j'imposais l'irréligion et j'avais la présomption de croire que les choses devaient marcher ainsi sans autres règles que ma fantaisie despotique. Tout s'est brisé à un moment inévitable ; votre affection m'était enlevée, le respect de mon autorité je l'avais proscrit, Dieu a permis cette erreur dans l'assurance de ma mort. Tout de suite vous avez cédé à un besoin naturel, presque légitime, d'affection et de repos. Vous avez été trop vite, mais ce n'est pas à moi de vous le reprocher. Si vous saviez cependant quelle a été ma souffrance ; je l'ai dissimulée sous des apparences indifférentes, j'ai essayé de l'engourdir avec mon remède habituel, l'orgie. Mais il n'en existait pas moins au fond de mon être un déchirement qui montre bien que même pour un misérable tel que moi les liens de la vie à deux ne peuvent jamais être brisés. Oh ! oui vous pouviez me changer, Hélène, si vous l'aviez voulu ; je vous repoussais, j'ai usé toutes vos énergies mais vous auriez fini par triompher. Si vous saviez comme est puissante la parole d'une épouse, combien forte est son action incessante, moins par un amour qui n'existe pas ou qui s'il a existé a vite disparu avec l'habitude, que par le droit sacré que lui donne son titre, titre devant lequel le plus endurci courbe la tête.

« Notre triste expérience servira du moins. Ma mort va vous délivrer, redevenez loyalement ce que vous étiez, Hélène, ne quittez pas la voie droite. Je vous le répète, je ne vous en veux pas, personne n'a moins que moi le droit de vous reprocher quoi que ce soit. Je n'en veux point, ni à celui que vous avez épousé ou plutôt dont l'union va se trouver légitimée, ni à ceux dont les mauvais conseils m'ont perdu et rendu plus mauvais encore. Votre salutaire influence, celle de cet enfant se faisaient sentir parfois pour moi d'une étrange façon. J'eusse été changé sans des influences contraires.

« Vous êtes encore jeune, Hélène, retenez mes paroles d'ami mourant, gardez vos enfants auprès de vous ; ce sera le grand remède contre les misères de votre mari et contre vos propres défaillances, écartez les amies trompeuses qui ne tournent autour de votre foyer que pour y semer la discorde jalouse, ne faites pas trop l'amère constatation de l'impossibilité complète du bonheur ici-bas par un changement de vie où vous retrouveriez une même somme de peines sous un nom différent peut-être. Accordez-moi quelquefois un souvenir et élevez Henri avec le respect de son père qui le regrette surtout au monde.

« Toi mon enfant, aime ta mère, aime-la de toutes tes forces, sèche ses larmes quand tu la verras pleurer et respecte les autorités auxquelles tu seras soumis quelles qu'elles soient. Tu sauras un jour quels ont été mes torts, comment il se fait que tu ne m'as pas eu auprès de toi ; ne juge pas trop sévèrement ton pauvre père, reprends sa carrière et poursuis-la plus virilement qu'il ne l'a fait. Si un jour tu te maries et que tu aies toi-même des enfants, demande à ta bien-aimée mère les conseils de son expérience et évite les écueils où nous nous sommes brisés. »

L'effort l'avait épuisé, les derniers mots haletaient sur ses lèvres, sa rude physionomie s'était transfigurée. Hélène le considérait maintenant avec respect, sa douleur était sincère, son repentir immense. Que n'était-ce Félix qui allait mourir ! Avec quel enthousiasme elle se serait sacrifiée pour le bonheur de son époux légitime, comme elle aurait voulu effacer jusqu'aux moindres traces des afflictions passées, se faire pardonner à son tour ; car lui, depuis longtemps n'était-il pas excusé par son abandon, à elle, par la faute de son hâtif remariage et de sa persistance dans la vie commune avec Félix.

Henri dévorait son père du regard ; on eût dit qu'il voulait se fixer dans le cœur son visage pour le reste de ses jours, s'imprégner de sa mémoire, se réchauffer au contact des qualités du soldat.

XVI

Le lendemain Marius était mort. Avec cette sympathie d'hommes destinés à laisser leurs dépouilles sur la terre étrangère, d'hommes au-dessus de la tête desquels plane incessamment la mort, les troupes ennemies envoyèrent un cortège pour ses funérailles. Comme protestation contre l'envahissement et honneurs rendus au sang français, le village de Monticourt et les villages environnants se pressèrent autour du cercueil.

Des travers, des vices de Marius il ne restait rien. On glorifiait cet enfant du pays parti pauvre au régiment, arrivé à l'épaulette et mort sous les balles de l'envahisseur. De son séjour parmi eux les paysans ne se rappelaient que le hâbleur bon enfant. La majesté du sacrifice à son pays éclatait là dans toute sa splendeur, point de fausses notes au concert de louanges.

Hélène eut une délicatesse et une prudence de femme supérieure. Elle comprit qu'elle devait s'effacer ; on en savait assez de son dévouement final, de son repentir par l'endroit où l'on venait chercher le corps pour que ceux qui l'aimaient pussent lui pardonner. Elle ne voulait pas se parer des hommages suprêmes rendus à un homme qu'elle avait abandonné, il ne lui en revenait rien ; elle prépara le nécessaire et ne parut point. Son dernier sou fut mis du reste à la disposition de ceux qui se chargèrent des frais funéraires. Elle éprouvait une indicible jouissance à se priver du pain du lendemain pour que Marius eût des obsèques magnifiques. Elle payait la rançon de sa faute.

Son fils suivit, sans qu'elle l'accompagnât, le cadavre de Marius. Rien n'existait pour cet enfant des scandales, des hontes, des chagrins de la famille ; il lui restait un seul héritage mais au moins il l'avait entier : les honneurs militaires rendus à son père soldat. Il le comprenait et sa figure pâle avait un reflet martial ; il se faisait en lui-même des serments virils, unissant à son admiration pour son père son ardente affection pour sa mère.

Leur vie recommença dure et triste ; car si la mort de Marius rendait la situation d'Hélène moins compliquée, le deuil n'en restait pas moins à ses yeux un immense malheur pour Henri et une faute de plus pour elle qui s'en attribuait les causes. Elle avait repris Jeanne avec elle, après promesse formelle de régulariser l'état de Félix et le sien en l'épousant à nouveau, s'il revenait jamais. On était sans nouvelles depuis des mois et la mort fauchait souvent et dru dans les colonnes françaises. Là encore nouveau sujet d'angoisses pour elle ; n'était-elle donc faite que pour répandre le deuil et la mort parmi ceux qui l'approchaient ? Marius était tué et Félix était parti avec la résolution évidente de se faire tuer. De deux hommes qui avaient uni leurs destinées à la sienne aucun n'allait lui rester ; et ce serait sa punition peut-être d'élever dans la misère et l'obscurité les enfants de ces deux hommes auxquels elle devrait dévoiler un jour ses faiblesses.

MM^mes de Monticourt et l'abbé Bertrand qui avaient apprécié les énergies viriles de cette âme abusée mais aussi généreuse dans le repentir que dans la faute, s'empressèrent de revenir à elle du moment que leur mission n'était plus de censurer et de punir mais au contraire de fortifier et de guérir.

La Grange-aux-Bois fut vendue et un pavillon du château attribué à Hélène qui s'y installa avec ses enfants. Les Cosson du reste ne voulant pas que leur petite-fille fût à la charge de qui que ce fût fournissaient largement aux dépenses. L'opinion publique avait tourné en faveur d'Hélène et la disparition de Mlle Leclerc repartie définitivement à Paris acheva de rallier à elle les derniers hésitants.

Le calme était revenu du reste dans le cœur et dans les nerfs de cette nature impressionnable et extrême. Elle n'avait gardé que les qualités opposées à ses défauts natifs, qualités qu'elle tendait chaque jour à développer davantage. Humble, simple, aimante toujours mais sévère pour ses enfants, économe, travailleuse, retirée, cherchant partout la volonté de Dieu et l'estime de ses amis vrais.

Le vieux curé, que les malheurs de l'invasion après tant d'autres du même genre endurés dans sa carrière de pasteur avaient fini par épuiser, mourut heureux de la voir revenue à la vérité du devoir. Mme de Monticourt ne tarda pas à suivre l'abbé Bertrand et Renée devenue libre par la mort de sa mère lui laissa en partant au couvent les débris de la fortune patrimoniale pour qu'elle continuât de faire du bien en son nom et de représenter les Monticourt.

Cette confiance mise en elle était la plus douce joie, la meilleure récompense de son courage dévoué que pût ambitionner Hélène. Le pardon public d'un saint et de deux femmes vénérées la relevaient pour toujours à ses propres yeux, et la trempaient à l'avenir contre les défaillances nouvelles. Mais l'expiation n'était pas complète et elle devait encore souffrir.

Ne gardant rien pour elle de l'héritage des Monticourt, elle installa au château un petit hôpital pour les vieillards indigents et infirmes, ainsi qu'une école pour les garçons et les filles médiocrement abrités jusqu'alors, constituant une rente perpétuelle pour l'entretien de ces deux établissements. Quant à elle, elle se retira heureuse à La Chesnaie que les Cosson avait rachetée en prévision du retour de leur fils.

Leur sévérité n'avait pu tenir contre les résolutions formelles, contre le repentir généreux de celle qu'ils avaient longtemps repoussée. Le retour du curé et de MMmes de Monticourt avaient achevé de les convaincre de ses qualités supérieures et de la leur faire désirer comme bru définitive : l'avenir de Jeanne qu'ils adoraient l'exigeait aussi.

Après avoir abdiqué d'abord et cédé la place aux Bourbons, l'Empereur avait reparu pour disparaître enfin dans l'écrasement final de Waterloo. A la suite des secousses qui l'ébranlaient depuis vingt ans, la France éprouvait un besoin irrésistible de calme et de repos. Finances, armée, conquêtes précédentes tout était englouti par la chute du grand homme. Les rois d'autrefois rentraient pour remettre chaque chose en sa place, refaire une patrie glorieuse et féconde.

Malgré les plus actives démarches, Hélène n'avait rien pu apprendre concernant Félix. Elle finit par connaître enfin le numéro du régiment dans lequel il s'était fait incorporer et remontant d'événements en événements, suivant pas à pas la marche du corps d'armée qui le comprenait, elle acquit la conviction que le malheureux jeune homme était mort ou interné en Allemagne.

Elle n'hésita pas et devant cette incertitude capitale pour elle reprenant son courage à deux mains elle partit seule pour ses régions qu'elle connaissait pour les avoir déjà parcourues aux tristes jours de l'émigration.

L'État lui avait accordé une place pour Henri dans une école nationale, et le pauvre petit désireux avant tout d'imiter son père, sentant qu'il devait paraître le moins possible à un foyer où le maître allait être un autre homme, le pauvre petit était parti le cœur gros mais résigné. Cette pénible séparation était encore un devoir pour Hélène, elle l'accepta comme tel.

Après avoir confié Jeanne à ses grands parents, elle roula vers l'étranger. Ce furent de longues semaines de courses, de démarches, d'erreurs ; elle retrouva enfin Félix blessé et prisonnier dans une forteresse de Prusse.

De Champagne, son régiment avait été envoyé successivement dans plusieurs garnisons du Midi, du côté de l'Espagne où on craignait des démonstrations offensives, puis avait été dirigé sur le théâtre des plus formidables batailles du siècle. Décimé à Lutzen, Bautzen, Hanau, Leipzig, le régiment était rentré en France et à ce moment l'engagé avait eu envie de regagner définitivement ses foyers. Il l'eût certainement fait s'il eût su la mort de Marius, car le chagrin du pays natal l'avait pris ; il regrettait sinon Hélène toujours séparée de lui dans sa pensée par les exigences du devoir, par les remords de la faute et la terreur de Marius, du moins sa Jeanne et ses vieux parents. Mais, sans aimer le métier militaire, il s'était comme les autres grisé de poudre et de gloire à la suite du conquérant et avait voulu assister à l'apothéose de ce drame grandiose, à la revanche finale du génie militaire. Son régiment, avec les pertes continuelles et le recrutement de plus en plus jeune, inexpérimenté, faible, était devenu vieille garde et il figura dans les inébranlables et derniers carrés du Mont-Saint-Jean.

Meurtri, aveuglé par des caissons éclatés à ses côtés, Félix avait été fait prisonnier et emmené.

Il ne restait plus rien maintenant dans cet homme usé par les privations et la fatigue du beau jeune homme qu'avait admiré Hélène rentrant à Monticourt. La poudre lui avait brûlé les yeux, fendu le front, enlevé les cheveux ; il était aveugle. La captivité et la cécité l'avaient aigri ; à sa douceur d'autrefois avaient succédé de continuelles récriminations, presque de la brutalité ; il avait appris à boire et s'enivrait.

Il n'eût pas un mot affectueux pour cette femme qui venait le retrouver au prix de mille souffrances ; il n'entrevit avec son arrivée que l'espoir tout égoïste d'être relâché et de ne plus être soumis au régime pénitentiaire. Hélène en effet avait fait d'actives démarches et on lui avait permis de le remmener avec elle. Résignée, elle espéra que l'air de la liberté, sa patience, son dévouement le ramèneraient à lui-même. Elle se décida à lui annoncer la mort de Marius et il ne répondit rien, la chose ayant l'air de peu lui importer.

Ainsi donc elle avait hésité autrefois entre le devoir strict et l'affection pour retrouver avec son complice les mêmes déceptions, les mêmes tortures, les mêmes dégoûts qu'avec le mari qu'elle avait laissé de côté. Et sa faute il allait falloir encore la légitimer complètement par un nouveau mariage. C'était son devoir, et cette fois, elle se promit de n'y point faillir.

Le chemin est long de l'Allemagne du Nord en Champagne ; les communications étaient encore lentes et difficiles à cette époque, mais surtout rendues presque impossibles par les ravages de la guerre. Il fallait s'arrêter pour les passe-ports à toutes les forteresses, essuyer les railleries, les duretés, les refus d'étrangers aigris contre la France. Les âmes charitables cependant admiraient en passant cette jeune femme si douce, à l'air si résigné, dont la figure exprimait une si profonde angoisse et dont les soins attentifs rendaient plus sombre encore son compagnon infirme et muet. Aucune ne pouvait lire sur leurs visages le drame de leur existence tourmentée, de leur bonheur perdu ; le reflet des grandes fautes, des troubles de la conscience comme celui des pertes cruelles, des malheurs immérités se confondent souvent en une même contraction sur le masque de la pauvre humanité.

Par étapes faites de pied, après de longues nuits dans les voitures publiques quand on le pouvait, dans les pataches de particuliers d'autres fois, Hélène et Félix atteignirent enfin les environs de Monticourt. Hélène crut devoir cesser là son rôle et attendre les événements pour confirmer publiquement son repentir. Continuer de vivre auprès de Félix eût été un scandale ; pour Monticourt qui avait accompagné le lieutenant Marius à sa dernière demeure, pour ses parents, pour ses enfants elle ne devait jamais être revue avec lui tant que n'aurait pas été régularisée leur première et fausse union.

Le père et la mère Cosson vinrent au-devant de leur fils et le remmenèrent désolés chez eux, non sans avoir manifesté leur reconnaissance à Hélène et lui avoir fait de sincères et chaleureuses excuses de leur conduite passée à son égard.

« Ce n'est point à vous du reste que nous en voulions, ma pauvre enfant, lui dit la mère de Félix. Nous vous avions connue si aimante, si soumise, si reconnaissante quand vous étiez petite que vous ne pouvions vous croire devenue mauvaise et que nous savions bien que le plus grand bonheur qui eût pu arriver à Félix eût été de vous avoir pour femme. Nous savions aussi que vous souffriez avec un homme brutal, pas fait pour vous comprendre, quand notre fils au contraire vous aimait tant. Vous aviez de graves excuses à votre profit. Mais comme l'a toujours dit Cosson, comme je l'ai toujours répété : le principe avant tout. Par faiblesse de cœur vous aviez mal agi, aujourd'hui vous vous êtes amplement rachetée et vous êtes pardonnée par le cœur d'une mère qui apprécie tout ce que vous avez fait pour mon fils. »

Illusion des parents qui croient toujours les leurs meilleurs qu'ils sont, égoïsme naturel qui tient à l'essence même de l'homme : le père et la mère Cosson admiraient le dévouement d'Hélène, mais ils n'en appréciaient pas encore la valeur ne se rendant pas compte du changement de caractère de l'infirme, le voyant toujours avec leurs yeux abusés le timide, affectueux et obéissant jeune homme d'autrefois.

XVII

Hélène avait recueilli près d'elle et soignait affectueusement la mère Gérard ; elle devait cela au souvenir de Marius, à ses regrets et à son repentir à elle. Choyée, respectée par sa bru, adorée par son petit fils, la mère Gérard bénissait chaque jour Hélène et Henri ; mais malgré son désir de ne leur causer aucun chagrin, de ne faire aucune allusion détournée au passé, elle avait toujours repoussé la pauvre petite Jeanne, chère enfant qui la voyant caresser son frère et ne comprenant rien au mutisme de la vieille s'était maintes fois avancée vers elle les bras tendus. L'instinct maternel, le culte du fils défunt étaient plus forts que l'habitude générale qui pousse les femmes âgées surtout vers la jeunesse. Cette fillette radieuse qui eût dû être une fille de Marius et, qui n'était qu'une bâtarde, elle ne pouvait et ne pourrait la voir. De sorte que la pauvre Hélène se voyait poursuivie éternellement par les conséquences de sa faute. La mère

Gérard morte, il resterait Félix qui même devenu son mari ne sympathiserait jamais avec Henri, lui et elle-même morts, il resterait encore entre ses deux enfants une délimitation ineffaçable, un passé de sangs différents inoubliable et que tous les repentirs et tous les pardons ne pourraient détruire. Le châtiment égalait au moins la faute.

Il fallait cependant achever de boire le calice. Hélène écrivit à Henri qui obtint un congé et revint près d'elle.

C'était maintenant un grand garçon, sérieux, mûri avant l'âge par le malheur. A la santé robuste, à la volonté énergique, à l'âpreté même de son père il joignait la douceur, la modestie de sa mère. Le cœur qu'il tenait de l'une tempérait l'orgueil farouche qui lui venait de l'autre. Il était studieux, réfléchi, aimable et aimé. Ses progrès à l'école militaire étaient rapides et tout faisait prévoir pour lui un brillant avenir. Il avait le culte de son père, resté pour lui le cavalier sans peur et sans reproche ; il adorait sa mère. Le moment était venu de mettre à l'épreuve cette double affection, de tremper définitivement la jeune âme de son fils par un sacrifice héroïque, et la pauvre Hélène tremblante hésitait, remettait chaque jour.

Deux mois déjà s'étaient écoulés depuis le retour d'Allemagne. Si Félix était toujours infirme, du moins il était remis complètement de ses fatigues, guéri de ses blessures, revenu de son anéantissement et de ses privations. Son caractère restait le même, disait-on, il n'avait fait passer aucun souhait affectueux à Hélène, se contentant de garder sa fille ; mais il n'avait plus aucun motif à alléguer pour reculer devant l'accomplissement d'un devoir impérieux, exigé par l'avenir même de son enfant, à moins qu'il ne fût devenu absolument sceptique et haineux. Henri s'étonnait et se plaignait de l'absence de sa Jeanne, la situation était devenue inexplicable, troublante, intolérable. Hélène emmena d'abord son fils au village.

Elle le fit repasser par tous ces sentiers où enfant il avait étudié, joué, pleuré solitaire ; ils visitèrent le château où il avait vu sa mère aimée, estimée par de nobles dames, le presbytère dont l'ancien maître aux cheveux blancs l'avait si souvent béni en prononçant le nom d'Hélène, puis après s'être agenouillés sur les tombes de Marius et du grand-père Mathieu, ils revinrent s'asseoir un instant sous les ombrages de La Grange aux Bois. Avec une bien excusable ruse, la mère avait voulu rappeler à l'enfant tout ce qui pouvait lui donner d'elle une idée tellement élevée, la faire aimer si fort, que ni son estime, ni sa confiance, ni son affection ne fussent ébranlées par les coups qu'elle allait être obligée de leur porter elle-même.

On était là loin des surprises importunes, des regards curieux ; les sanglots ne pouvaient s'entendre et les larmes auraient le temps de se sécher sous les baisers. Le vent seul murmurait doucement dans les feuilles agitées, les vaches mugissaient au loin à travers les prés dorés par le soleil, les oiseaux tranquilles pépiaient doucement dans leurs nids.

« Mon Henri, dit Hélène, tu es un homme maintenant, les études et ta carrière militaire vont probablement bientôt et pour longtemps, pour toujours peut-être t'entraîner loin de ta pauvre mère dont tu es la plus grande consolation, pour ne pas dire la seule joie en ce monde.

« J'ai fait ce que j'ai pu pour toi, je t'ai toujours aimé, mais tu auras des devoirs virils à remplir, tu as des obligations qui incombent à toi plus qu'à nul autre ; je dois donc te prémunir contre toutes les faiblesses, t'assurer contre les embûches, te fortifier des exemples du passé en te donnant encore une fois mes larmes, mon sang, ma vie.

« Tu as vu mourir ton père, Henri, le soldat que tu avais à peine entrevu pendant ton enfance. Son souvenir est resté gravé en caractères ineffaçables dans ta mémoire de fils affectueux et fier. Tu as raison d'aimer ton père, il est mort en faisant son devoir, il est mort chrétien, il est mort glorifié regretté par son pays. Combien de fils en peuvent dire autant ? Moi aussi mon enfant, j'ai aimé ton père, je le pleure ; mais alors que tu étais tout petit encore, cédant à de mauvais conseils il a été bien dur envers moi.

« Je n'avais malheureusement pas comme toi une mère auprès de moi pour m'encourager, me guider, je ne fus pas aussi patiente que j'aurais dû l'être, je gémis longtemps. puis enfin rebutée de ses duretés de soldat, de ses abandons continuels, je le repoussai, le chassai quand j'aurais pu l'amener au repentir. C'est là qu'est ma faute, ma faute que je ne me pardonnerai pas, surtout parce qu'elle t'a fait souffrir, qu'elle a fait souffrir ta sœur et qu'elle vous torturera encore. Je me suis remariée plus tard et par erreur avec Félix, le père de ta Jeanne adorée. J'ai cru un instant que j'en avais le droit ; oh ! j'ai bien pleuré va, cette hâte mauvaise.

« Ton père était parti loin de nous ; tu ne l'as revu qu'à sa mort. Dieu l'avait ramené près de moi, coupable, près de sa vieille mère, près de toi, pour me pardonner, pour la consoler, pour te bénir. Il avait payé cher ses erreurs d'autrefois, son égoïsme était devenu bonté, sa colère douceur, ses fiertés tendresses et humilité. L'homme peut ce qu'il veut avec de la volonté. Ton père est mort en héros, c'est plus qu'il n'en faut pour que tu en sois toujours fier, c'est plus qu'il n'en faut pour me prouver et me rappeler toujours combien j'ai été peu réfléchie, peu courageuse, défiante de la Providence, misérable en un mot.

« Je dois aujourd'hui songer à ta sœur, réparer mes torts et gardant un pieux souvenir de ton père, regrettant un bonheur que j'ai perdu par ma faute, car il eût dû être l'œuvre de ma patience, épouser Félix, cet homme dont tu ne comprenais pas la présence et avec lequel je ne suis plus mariée régulièrement. J'accomplis un devoir, mon ami, et dans l'accomplissement de ce devoir se trouve le plus amer de mes châtiments. Réfléchis à mes paroles, songe à ce qu'elles veulent te dire, et n'aie jamais de mots de reproche pour ta mère qui si elle a été faible comme femme, a la prétention de mourir après avoir fait pour toi et ta sœur tout ce qui lui aura été matériellement possible de faire comme mère, pour votre bonheur et votre honneur.

« Quand tu seras arrivé au but de tes efforts, mon Henri, quand comme ton père tu porteras l'épaulette, faisant courageusement, quotidiennement ton devoir, songe parfois à cette pauvre femme isolée là-bas qui montera une garde dont personne ne peut la relever et ne lui en veux pas si parfois elle t'a fait pleurer. Quand un jour enfin tu apprendras qu'elle dort sous la terre, aime-la seulement mon enfant, elle sera morte en te bénissant et en te demandant pardon. »

« Mère, je t'en prie, je t'en prie, répétait l'enfant en larmes, ne me dis plus rien, je ne t'écoute plus. Je t'aime, je t'aime, je t'aime ; mon père t'aimait je ne l'ai jamais vu autrement que t'aimant ; grand'mère t'aime, Jeanne et tout le monde t'aime. Tu es trop aimée de tous pour ne pas être bonne, pour avoir jamais fait d'autre mal à quelqu'un que de trop l'aimer. Ce que tu voudras je le voudrai, ce que tu m'ordonneras je le ferai. Je suis ton Henri, une petite portion de toi-même ; je ne vis que par toi, je ne vaux quelque chose que par toi, je n'agis qu'en vue de t'être agréable et de te consoler de tes deuils. Mourir toi, non, oh ! pas du moins avant que je t'aie longtemps bercée dans mes bras de général, comme toi, ma belle maman, tu me berçais quand j'étais petit, si souriante, si douce avec tes grands yeux noirs, que je te prenais toujours à mon réveil pour la Sainte Vierge penchée sur mon berceau.

« Je te remplacerai toute ma vie auprès de notre Jeanne, va. Tu dis que ce n'est pas la petite fille de papa, mais c'est la tienne toujours à toi, c'est ta Jeannette, c'est une autre moitié de toi, c'est maman Hélène quand elle était petite fille. Elle n'a pas que ton regard, tes longs cheveux, elle a ton rire harmonieux, ta voix, ton cœur. Fais ce que tu crois ton devoir, mère, ceux que tu respecteras je les respecterai pour toi. Je n'en veux à personne, je ne fais pas toujours bien non plus moi, et le bon Dieu l'a dit : Il faut pardonner aux autres si l'on veut être soi-même pardonné un jour. »

C'était au tour d'Hélène à pleurer silencieuse, son fils appuyé contre son sein. Le plus dur de son sacrifice était accompli ; l'affection et le pardon d'Henri la soulageaient et la relevaient plus généreuse encore et plus forte. L'enfant, l'enfant comme de plus en plus elle sentait que c'était là le lien véritable des unions les plus malheureuses, la consolation des plus horribles tourments, la préservation de toutes les chutes, l'excuse de toutes les acceptations et de tous les abaissements pour la mère dans le mariage.

XVIII

Le lendemain, accompagnée du curé de Monticourt, elle se rendit chez les Cosson pour voir Félix et s'entendre sur la marche à suivre afin de procéder à une seconde célébration du mariage. La mère se réjouissait aussi d'embrasser sa fille et de la ramener à Henri.

Après l'humiliation comme mère devant son fils, comme épouse autrefois devant le lit de mort du mari lâchement abandonné et remplacé, devait fatalement venir l'humiliation devant le cousin trop aimé. La faute entraîne un châtiment exactement parallèle. La femme avait suivi sans réflexion les entraînements de son cœur, elle devait être blessée dans son cœur, la vraie vie morale pour la femme, par la plus mortelle des désillusions.

Jeanne jouait insouciante au gai soleil, parmi les plates-bandes, les troncs d'arbres et la luzerne du jardin quand les visiteurs arrivèrent. A la vue de sa mère elle pâlit, rougit, hésita à s'avancer; on eût dit qu'elle s'était déjà détachée d'elle et qu'elle avait subi, avec l'impressionnabilité de l'enfance, l'effet de volontés hostiles. La pauvre mignonne était seulement déshabituée, car la nature affectueuse fut bientôt chez elle plus forte que la timidité de l'éloignement et du silence dans lesquels on la tenait. Elle vint se jeter éperdûment contre sa mère, se cachant la tête dans ses jupes et tout à coup tomba par terre sans connaissance.

Au cri qu'elle avait poussé l'aveugle avait tressailli, les deux vieillards étaient accourus; on aspergea d'eau froide la figure de l'enfant qui s'endormit bientôt les lèvres soudées aux lèvres de sa mère. Malgré la rude leçon d'affection envers Hélène qu'elle venait de donner à son père, malgré l'accueil empressé de ses parents, malgré la présence du curé, Félix ne disait rien. Il fût néanmoins obligé de répondre à l'interpellation qui lui fût directement adressée et de s'intéresser davantage à ce qui se passait autour de lui.

« Nous sommes venus, M. Félix, dit le curé, Mme Hélène et moi pour une affaire grave, qui concerne la paix, le bonheur de votre famille, de votre vie. Vous avez été cruellement éprouvé, nous comprenons vos douleurs, vos amertumes mais il serait injuste de faire retomber sur des têtes innocentes les conséquences de malheurs irréparables et providentiels. On ne peut nous reprocher que ce qui dépend de notre volonté! Or il dépend de votre volonté de régulariser votre situation matrimoniale tronquée et de devenir définitivement devant Dieu le mari de Madame, si dévouée pour vous, comme le père de cette chère enfant. Vous ne nous refuserez pas.

« Il est inutile n'est-ce pas de rappeler le passé, vous avez agi comme vous avez voulu, c'était alors affaire entre votre conscience et vous; maintenant la situation a changé, les voies sont aplanies et puisque la mort malheureusement s'est chargée d'enlever tout obstacle, je viens vous demander la date à laquelle vous consentirez à remplacer le mariage contracté à tort il y a quelques années par un autre. C'est le plus cher désir de vos parents et le souhait de Mme Hélène à laquelle vous ne pouvez rien reprocher.

— Je n'ai pas retenu de force Madame, M. le Curé, répondit Félix, elle est restée d'elle-même auprès de moi, très volontairement alors qu'elle ne le devait plus.

« L'estime seule attache définitivement et fait rester fidèle. Ainsi moi j'ai aimé Hélène, mais c'est passé, bien passé et je ne l'aime plus; je lui en veux même de m'avoir gâté ma vie, d'être cause que je suis parti au régiment et que je suis infirme. Je pourrais être heureux père de famille, et je ne suis que le père d'une bâtarde. Nous ne pouvons nous aimer parce qu'il y aura toujours une faute entre nous; je ne veux pas, je ne peux pas l'aimer parce que je ne l'estime pas. Je suis bien comme cela, j'y reste; puisque d'après vous-même qui me voulez faire contracter mariage je ne suis plus marié, pourquoi rentrer dans un milieu dont je suis heureux d'être sorti après avoir goûté quelques années d'amour empoisonné? Je profite de la situation indépendante que j'ai reconquise, il n'y a plus d'illusions, plus d'amour, pas d'estime. Restons chacun chez nous. Vous comme les autres, M. le Curé. Je vous remercie de votre démarche, mais je ne crois pas plus à vos prières qu'au reste, je suis assez malheureux pour avoir de trop déjà de ne songer qu'à moi, qu'on me laisse gémir et crever en repos c'est tout ce que je demande. »

Atterés de ce langage de troupier aigri, rancunier, désespéré, impie, le curé baissait la tête, les parents ne disaient rien, ne reconnaissant plus leur enfant. Hélène à genoux, serrant bien fort sa fille de ses deux mains enlacées pour qu'elle ne se mêlât pas trop à ce drame douloureux, offrait à Dieu l'expiation suprême, résolue cependant à implorer jusqu'au bout, non pour elle dont l'affection coupable était morte et bien morte aussi, mais pour le principe, mais pour l'exemple, mais pour l'accomplissement de ses promesses solennelles, pour l'avenir de ses enfants. Elle fit signe au Curé en lui montrant Jeanne, et celui-ci reprit en s'adressant à l'aveugle blême d'émotion et tremblant de colère contenue :

— Mais votre fille, M. Cosson, vous n'y songez pas? Outre que votre raisonnement est égoïste, illogique, détestable, quel avenir lui préparez-vous; dans quelle famille voulez-vous qu'elle entre un jour? Si ce n'est pas pour vous, du moins pour elle, pour vos parents qui le désirent, pour vous-même qui aurez une compagne dont vous avez pu amplement constater le dévouement absolu, l'esprit de devoir, de conduite nouveau, et laissez-moi ajouter, pour elle qui y a droit entourée qu'elle est de l'estime générale. Il ne s'agit pas ici d'enthousiasme passager, d'inclination momentanée, il s'agit de devoir et je m'étonne d'être obligé de rappeler le sien à un soldat. Une faute est toujours réparable, et loin d'abaisser elle grandit quand on se relève comme l'a fait Mme Hélène; vous parliez d'estime, encore une fois la mère de votre fille, M. Cosson, par sa conduite depuis votre départ a conquis plus que l'estime mais l'affection et l'admiration de chacun; vous, craignez à votre tour de les perdre.

— Je n'attends plus rien de personne et je ferai en sorte que ma fille ne souffre pas trop de l'état exceptionnel dans lequel elle va se trouver en face des autres, répondit Félix dont le ton diminuait cependant sensiblement, elle aura des écus et se passera du reste comme je me passerai de l'opinion.

— A savoir, interrompit le père Cosson, car il ne faut pas compter que je laisse un sou à une bâtarde malgré sa gentillesse, pas plus qu'à toi malgré ton infirmité si tu me désobéis, si tu renies les idées dans lesquelles nous avons vécu et dans lesquelles nous voulons mourir. Songes-y! »

Il était inutile de prolonger un entretien qui prenait ses proportions et pouvait amener, par orgueil blessé, des résolutions regrettables, une rupture définitive. La base était posée, la première blessure était faite, il fallait laisser le temps agir avant de continuer, la réflexion se faire jour dans une âme assez terre à terre; peut-être à un nouvel assaut se déclarerait-elle vaincue. Le Curé le comprit et se retira, engageant Hélène à profiter de la situation qui était tout à son avantage et d'activer un retour de Félix en le privant de sa fille et en l'emmenant.

Jeanne prit le chemin de La Chesnaie et son père n'osa protester, se sentant le plus faible par son entêtement et ses refus. Ses parents du reste étaient contre lui.

On les laissa chargés du soin de le convaincre, éloignant tout le monde de ces querelles intimes autour desquelles les uns et les autres sentirent que l'on devait organiser la conspiration du silence. L'autorité du prêtre, l'influence des parents, le dévouement contagieux d'Hélène, les prières des enfants aboutiraient-ils? Chacun se le demandait anxieux, n'osant l'espérer.

XIX

Une des causes du farouche silence, du désespoir méchant dans lequel était tombé Félix, cause inavouée et inconnue de ceux qui l'approchaient était son orgueil froissé. Il appartenait comme caractère et tempérament à cette race de lymphatiques, blonds aux yeux bleu d'acier, qui sous une douceur apparente, laquelle est souvent de l'apathie momentanée seulement, cachent des violences terribles. Du moment qu'il était sorti de ses allures timides, tranquilles, douces d'autrefois, il était devenu détestable, tenace, faux.

Parti d'abord contre son gré, un peu par ennui égoïste des tracas que lui causait sa situation fausse et qu'il n'avait pas assez d'envergure dans les idées, de résolution dans le cœur pour accepter hardiment, beaucoup par orgueil d'être sans position, gêné, seul au village quand tous ceux de son âge étaient soldats, il avait fini par prendre goût au métier. Les amants de la gloire ne chômaient pas et des conscrits de la veille on fabriquait des héros. Comme découlant du grand homme jusqu'à chacun de ses soldats, le génie transformait les plus obscurs, improvisait des victoires et récoltait des honneurs. Félix s'était bravement battu en plusieurs occasions et son amour-propre exagérant beaucoup sa valeur, il prétendait arriver à un grade et à la croix. Son humeur taciturne, peu sympathique ne le firent jamais aimer de ses chefs; on ne le prit point en considération et il fût laissé de côté.

(FEUILLETON N° 12).

Il y avait aussi chez lui une jalousie sourde contre l'autre mari, contre Marius arrivé sans avoir mieux valu que lui.

De là une incroyable envie contre tout ce qui lui était supérieur, une haine de l'humanité prise en bloc à laquelle aucune affection généreuse ne le rattachait en lui faisant pardonner ses nombreuses imperfections. Il y avait du juste cependant dans ses récriminations, au moins en ce qui concernait les derniers temps de son séjour à l'armée.

La garde résistait encore désespérément, attendant toujours sur le champ de bataille de Waterloo que le secours attendu vint repousser Prussiens et Anglais qui la débordaient. Pour l'Empereur tout était perdu, mais ces quelques poignées de braves qu'il traînait à sa suite depuis vingt ans ne pouvaient se décider à lâcher pied et à abandonner la lutte. Leur courage enthousiaste s'était communiqué aux recrues et l'on ne distinguait pas les uns des autres sous le feu de l'ennemi. La mitraille fauchait sans relâche, les obus éclataient par instants couvrant les lignes des combattants voisins de terre et de fumée.

Tout à coup quelques flammèches tombent sur des caissons d'artillerie que protègent un carré de grenadiers, le feu prend à des harnachements, une formidable explosion est imminente. Le plus rapproché du caisson immédiatement menacé, Félix jette son fusil, l'enlève des roues en se brûlant les mains et au risque de sauter avec lui, le porte loin des hommes dans un fossé. La débâcle qui survint, la chute effroyable du colosse armé, le changement de gouvernement et de chefs de corps empêchèrent cette action d'être appréciée et récompensée comme elle le méritait. Pendant que d'autres intrigants se faufilaient sans mérite aux places offertes par la Restauration, le malheureux Cosson pourrissait dans une forteresse allemande.

Du mal devait venir le remède.

Avec cette intuition des femmes faite surtout de sensibilité affectueuse, Hélène avait deviné que quelque chose qui relèverait Félix aux yeux de ses compatriotes et à ses propres yeux pourrait tout pour un changement dans son caractère et ses dispositions. Elle était loin de se douter de l'immense orgueil du soldat mortifié, invalide, oublié, s'attribuant la plus grande partie des torts et mettant sa sauvagerie et ses haines sur le compte de leur fausse union, de leur coupable folie ; mais elle pensa à une réhabilitation comme à un remède inespéré et qui serait bien accueilli.

Marius avait gardé des amis au régiment, elle se dit que par delà la tombe il lui pardonnerait de s'en servir eu égard à la pureté de ses intentions, et elle se mit immédiatement en campagne sans rien dire à personne. Le corps de cavalerie auquel avait appartenu le lieutenant se trouvait en ce moment en garnison aux environs de Rambouillet, elle partit pour le rejoindre et retrouva facilement d'anciens compagnons d'armes de Gérard que la mort avait épargnés et qui plus heureux que lui étaient parvenus à des grades élevés.

Elle ne dit rien de la nature des liens qui la rattachaient à Félix, se présentant comme sa parente, mais elle raconta tout ce qu'elle avait appris de son passé militaire par les récits de ses compagnons de captivité en Allemagne, ses faits d'armes exceptionnels, ses blessures, son infirmité.

Sa douceur, sa beauté, la chaleur avec laquelle elle plaidait la cause de l'oublié touchèrent les officiers qui la présentèrent au général en qualité de veuve et de sœur de braves. Sa persévérance, les motifs de consolation, de guérison morale qu'elle allégua firent le reste. Elle ne voulut point repartir sans une solution et attendit anxieuse le résultat de l'enquête qui fut immédiatement commencée à sa prière.

Le gouvernement désireux de faire disparaître les rivalités et les divisions qui désolaient la France, tenant surtout à se rattacher l'armée napoléonienne, se montrait très large de faveurs à l'égard des survivants du régime déchu. Il savait du reste n'être pas exposé à des méprises nombreuses, à récompenser des indignes, car l'ensemble des mutilés des dernières guerres était une collection de héros. L'examen des titres de Cosson lui fut favorable, le passé de Marius mort sans récompense lui servit encore par contre-coup car on le crût son parent, et bénéficiant de leurs dévouements réunis, il fut décoré.

Hélène triomphante remporta la croix de la Légion-d'Honneur à Mouticourt, et se rendit immédiatement chez le curé auquel elle la remit en lui confiant ses espérances.

Admirant le dévouement de cette jeune femme dans son repentir et son amour pour ses enfants dont elle voulait assurer l'avenir par le plus dur accomplissement du devoir, le curé alla tout de suite trouver les Cosson.

Il ne voulait pas manquer son effet, et quoique les gazettes fussent encore rares à cette époque, que les nouvelles circulassent difficilement, il craignait qu'un ami ou un avis officiel n'avertît l'invalide avant qu'il eût usé de tout le prestige dont le magnifique résultat acquis allait faire bénéficier Hélène.

Il vit d'abord le père et la mère Cosson qui n'avaient plus besoin d'être gagnés et qui restèrent anéantis d'étonnement et d'émotion, puis il pénétra seul auprès de Félix.

L'abord fut pénible, peu encourageant ; l'aveugle fut bien près de prier le curé de retourner chez lui, les causes qui l'amenaient sans doute ne pouvant que l'irriter et le faire souffrir davantage. Le prêtre, assuré d'un changement de front subit grâce au talisman qu'il possédait, ne se laissa pas décourager par les invectives et continua la conversation.

— Vous avez tort, M. Cosson, de me recevoir si mal, de ne considérer en moi qu'un ennemi. Alors même que je ne serais pour vous qu'un voisin qui viendrait vous distraire, vous devriez encore m'accueillir avec reconnaissance. Les visites et les distractions ne sont pas si nombreuses à la campagne où les travaux quotidiens emmènent chacun dehors pour qu'on les dédaigne. Ma mission est de visiter ceux qui souffrent. Aujourd'hui moins que jamais ma présence ne devrait vous être désagréable car je viens vous apprendre une bonne nouvelle, qui si elle ne vous guérit pas du moins pourra contribuer à alléger vos souffrances, à consoler vos regrets, en les atténuant considérablement.

— Quelle nouvelle heureuse pourriez-vous m'apporter, Monsieur, quand votre dernière visite a été pour moi la date d'un chagrin supplémentaire. Je n'ignore pas que c'est d'après vos conseils que l'on m'a enlevé ma fille, la seule consolation que je demandasse, la seule distraction qui pût m'être véritablement profitable.

— Je n'ai point invité Mme Hélène à reprendre sa fille auprès d'elle pour le seul but de vous chagriner, M. Cosson, nous vous aimons trop les uns et les autres pour vous faire volontairement et inutilement la peine la plus légère. Mais vous avouerez que la place de la fillette qui grandit est auprès d'une mère attentive, intelligente, dévouée plutôt qu'ici et du reste il dépend de vous que cet éloignement cesse. Vous persistez à vouloir rester dans un état que la justice réprouve, vous perdez vos droits à la paternité, vous ne pouvez avoir la direction de l'âme de votre enfant.

« Mais il ne s'agit pas de cela et j'ai bon espoir que vous comprendrez un jour nos raisons. Jeanne du reste est élevée en attendant par sa mère dans votre respect et votre affection, quoiqu'elle ignore encore si jamais vous accepterez pleinement le titre de père pour elle. Aujourd'hui je viens vous parler de vos états de services à l'armée et vous demander si vous seriez heureux d'accepter une pension qui vous rénumérât du temps perdu et de la privation de la vue, si cruelle et si préjudiciable à vos intérêts. Je crois que je pourrais arriver à vous la procurer, on m'a parlé tout à l'heure de votre conduite exceptionnelle, glorieuse même pendant la dernière guerre et l'on m'a offert de s'employer en votre faveur.

L'aveugle, depuis quelques instants, avait dressé la tête et oubliant ses injustes récriminations écoutait attentivement.

— Je vous remercie, Monsieur, mais je doute qu'on me rende justice puisque l'on ne l'a pas fait jusqu'ici. Qui se soucie d'un paysan caché dans un village après avoir donné sa santé et ses années de jeunesse pour un régime ennemi du gouvernement actuel. Ce n'est pas d'argent du reste que j'ai besoin, qu'on le donne à de plus pauvres car mes parents sont à l'aise et ne me laisseront jamais manquer quoi qu'ils disent, ce serait plutôt de consolations. Une poignée de main de mon ancien colonel me ferait plus de bien que tout ce que l'on pourrait m'offrir pécuniairement. Mais où sont tous mes compagnons d'armes, où sont tous mes chefs ? Sous la terre, ou dispersés, infirmes et oubliés dans tous les coins de la France, aux Invalides ou ailleurs. Il faudrait les récompenser l'un après l'autre si on me récompensait moi, car chacun d'entre eux en a fait autant ou plus que je n'en ai pu faire. J'ai perdu la vue c'est vrai, mais les autres ont vu couper bras et jambes ; c'est une affaire de chance, cela. Je n'ai pas plus à récriminer qu'eux.

— Je doute que beaucoup se soient aussi distingués que vous à Waterloo, et tenez, M. Cosson, il est inutile de vous faire languir plus longtemps, vous avez assez souffert pour que l'on ait pitié de votre état si pénible, on a rendu justice à vos mérites et j'ai le bonheur d'être le messager de cette joie, quoique vous eussiez préféré une autre parole et une autre main que la mienne, sans doute. Je suis chargé de vous remettre la croix de la *Légion-d'Honneur*!

L'aveugle sursauta, et debout marcha immédiatement les bras tendus vers le visiteur. Le père Cosson appelé entrait en ce moment et par une délicate attention le curé lui avait remis les insignes, ce fût le vieillard qui les tendit aux mains tremblantes de son fils dont la susceptibilité et l'antipathie pour le prêtre se trouvaient ainsi ménagées.

Un silence fait de joie orgueilleuse chez le décoré, de satisfaction intime chez le vieillard, d'attente anxieuse et de réflexions tristes sur la vanité humaine chez le prêtre pesait sur les acteurs de cette scène. Félix avait la gorge sèche, le vieil homme luttait encore chez lui ; enfin une transformation s'opéra, ses traits se détendirent et s'approchant du prêtre.

— Merci, merci, M. le Curé, s'écria-t-il, de la part de qui que vous veniez vous pouvez être assuré que vous êtes le bienvenu et que vous ne faites pas une démarche inutile ou au profit d'une injustice. Je suis reconnaissant et je n'ai pas volé cette aubaine. Mais enfin çà n'est pas venu comme cela, il a fallu que l'on s'en occupe et comment se fait-il qu'on se soit adressé à vous plutôt qu'à moi le seul intéressé?

— C'est là précisément qu'est tout le secret d'une démarche, et je me hâte d'ajouter d'une mission dont je suis fier et doucement ému. Vous le serez comme moi, M. Cosson, quand vous apprendrez la vérité; vous rendrez justice et mettrez de côté un passé de susceptibilités inexplicables et d'antipathies injustifiées. Je connais quelque part une femme humble et dévouée qui a racheté une erreur de jeunesse, un égarement passager dont elle a du reste été cruellement punie par des heures, des jours, des années de dévouement incessant, ignoré, héroïque. Cette femme ai-je besoin de vous le dire c'est Mme Hélène.

« Le mari qui l'avait torturée elle l'a recueilli, soigné, aidé à mourir ; il lui a pardonné son abandon et l'a bénie. Ses enfants elle les a élevés dans les conditions les plus difficiles, en leur inspirant à chacun le respect de leurs pères, en entretenant leur affection mutuelle. Elle n'a jamais eu un mot de reproche ou de regret pendant les années qu'elle a habité avec vous, vous dissimulant avec soin les tortures de son âme. Mon prédécesseur, le vénéré abbé Bertrand, Mme de Monticourt, le pays entier l'appréciant à sa juste valeur l'aime et l'estime, l'ont aimée et estimée plus que qui que ce soit. Vous, qui cependant avez été le complice de sa faute quoi que vous en disiez, elle vous a non seulement pardonné vos injustices, vos duretés, mais elle a été au prix de mille fatigues, de mille humiliations vous arracher aux mains des Allemands et vous a ramené ici. Puis enfin se faisant de vous, de vos mérites, une haute idée, elle est allée pour que l'on vous rendît justice, elle a sollicité et obtenu pour vous cet honneur insigne qui va vous désigner à l'estime et à l'admiration du pays. Pouvez-vous ne pas lui reconnaître des qualités maintenant, pouvez vous la repousser quand elle ne vient pas solliciter de vous l'amour hélas! mais la paix de sa conscience, mais l'avenir de sa Jeanne? Que pouvez-vous lui reprocher, à qui pouvez-vous en vouloir? Car je vous ferai remarquer que ses démarches sont pour vous, rien que pour vous; elle pourrait peut-être en réalité rester dans la situation où elle est, son fils légitime Henri n'a pas besoin de votre mariage, il peut lui nuire au contraire et profitera surtout à votre Jeanne. Croyez-vous aussi que le titre de veuve du lieutenant Marius n'a pas été pour beaucoup dans l'obtention de cette faveur? La généreuse femme n'a cependant pas hésité à exploiter à votre profit une situation dont les avantages eussent pu rejaillir sur son fils qui suit la même carrière que son père, avantages dont user maintenant serait abuser.

« Quels arguments avez vous à faire valoir, pouvez-vous espérer trouver jamais compagne plus fidèle, gardienne plus dévouée de votre infirmité? Vous avez été cruel l'autre jour, M. Cosson; comme vos paroles, vos insultes pour une femme que vous avez aimée jusqu'à en mépriser le devoir et à renier les vôtres, montraient clairement qu'en dehors du devoir, de la vérité, il n'y a que folies et mensonges. Nous qui vous donnons tout, M. Cosson, qui n'avez rien à nous reprocher à votre égard, eh bien! par amour de la justice et de la vérité, nous qui les voulons cette paix et ce bonheur désirés au moins pour des enfants innocents, nous nous faisons humbles et nous implorons, moi au nom de l'exemple dans la paroisse, Mme Hélène au nom de votre fille, au nom de votre propre intérêt à vous.

« Nous refuserez-vous maintenant quand nous vous demanderons de remettre devant Dieu la main dans la main de cette femme admirable et de changer en liens sacrés et éternels des liens faussés par l'erreur? Encore une fois nous voulons votre propre bonheur contre vous-même, père, mère, enfant, compatriotes, pasteur, épouse, laissez-moi dire ce mot, vous sollicitent.

« Cette décoration glorieuse, M. Cosson, vous met en avant, vous donne des devoirs exceptionnels et imprescriptibles. Vous devez l'exemple, vous êtes l'obligé de celle qui vous l'a fait obtenir. Le devoir, le devoir, voilà ce que dit le ruban rouge et votre devoir, M. Cosson, c'est de reconnaître l'autorité céleste du Dieu des armées, c'est de réjouir les derniers jours de vos parents. »

D'abord étonné, puis redevenu sombre et farouche sous les coups de lanière qui lui cinglaient le visage, alors que le prêtre mettait à nu ses défauts et ses calculs misérables, le soldat pleurait maintenant ; ce qu'il y avait de sincère, d'aimant dans le Félix d'autrefois était revenu, il était visiblement gagné par la chaude éloquence du curé, vaincu par ses arguments et vaincu surtout par les jouissances de la vanité satisfaite.

— J'ai eu des torts envers tout le monde, M. le Curé, envers Hélène surtout et je suis prêt à les réparer puisque vous me dites avec mes parents et elle que je dois me marier, je le ferai. Je sais bien au fond du reste ce qui est bien et quel est mon devoir, je tâcherai de prendre sur moi et de le remplir. Mais pourquoi avons-nous failli, pourquoi nous sommes-nous enlevés nous-mêmes toute illusion en vivant coupables sans bonheur, pourquoi est-ce que je ne retrouve pas aujourd'hui Hélène veuve seulement et pourquoi n'est-ce pas le commencement seulement de la vie commune?

— Il y a toujours de la paix et du bonheur dans l'accomplissement du devoir, vous le verrez. Et puis vous aimerez Mme Hélène, vous l'aimerez mieux, parce que vous l'admirerez dans son abnégation et son repentir. Vous verrez ce qu'est une chrétienne complète, vous la jugerez dans sa conduite comme veuve, comme mère, et comme épouse.

XX

L'amour propre de Félix, ses tendances égoïstes souffrirent bien encore un peu, mais enfin il se rendit. Les ennuis qu'il pouvait éprouver du reste, ses regrets d'avoir perdu la vue disparurent dans l'enchantement du triomphe. On ne lui laissa plus le temps de réfléchir trop sur lui-même et de se replonger dans d'amères pensées; sa maison fût envahie par les complimenteurs, on le félicita, on le fêta de l'honneur qui rejaillissait sur le village et par association d'idées on trouva tout naturel qu'il devînt définitivement le mari d'Hélène, la veuve d'un autre glorieux soldat du pays. La force même des choses lui imposait donc le mariage et par suite la rétractation publique de son erreur, afin qu'il ne s'élevât plus contre lui aucun nuage dans l'esprit de ses concitoyens.

Les bancs furent publiés et la date fixée, Hélène envoya Jeanne à son père mais crut devoir s'abstenir de se présenter tant que la consécration religieuse ne serait pas intervenue. Elle se devait à son fils plus que jamais, elle voulait en quelque sorte lui doubler les soins et l'affection pendant le peu de temps qu'il lui restait encore à passer avec elle, pour se faire pardonner de n'être bientôt plus à lui, tout à lui, exclusivement consacrée au souvenir de son père, et d'introduire par sa faute un autre homme entre eux. La présence de Jeanne, qu'Henri aimait en sœur chérie, contribuait cependant à adoucir les souffrances intimes de la pauvre mère; elle prévoyait que la mignonne fillette serait le lien qui rallierait Félix et Henri, et que son souvenir serait gardé, adoré et vénéré par delà la tombe dans l'âme des deux enfants amis.

Il n'y avait point de noce à faire, la réparation du scandale elle-même exigeait le silence autour d'un acte qui eût dû être célébré dans d'autres conditions. Aussi Hélène et Félix, Jeanne et Henri avec leurs parents se réunirent-ils simplement à la

Mairie d'abord pour la rectification définitive des actes puis à l'Eglise pour une messe basse.

Leur présence était la plus grande des prédications, le curé les bénit ému mais en silence; avec un tact qui se rencontre aux champs autant et souvent plus qu'ailleurs, aucun habitant ne les gêna par une curiosité déplacée, personne ne les suivit ou attendit au passage. Et cependant c'était un spectacle touchant que celui de voir cet homme et de cette femme qui avaient tant souffert par leur faute, de les voir réconciliés et s'en allant avec leur fille à la main, avec le fils de l'oublié, du mort qui représentait le pardon, au milieu de vieillards en larmes.

Venue le matin, la première, de La Chesnaie avec Henri, Hélène avait attendu à la sacristie l'arrivée de l'infirme amené par Jeanne, par le père et la mère Cosson. Quand il était arrivé à son tour on l'avait introduit près d'Hélène et la jeune femme ne faisant point les choses à demi, entière dans son repentir et sa pénitence comme elle avait été entière dans la faute, oubliant les torts et les injures, comprenant que son rôle de femme était un rôle de sacrifice et qu'elle devait ménager l'orgueil du vaincu, la jeune femme s'immolant pour à défaut de bonheur conquérir au moins l'estime et le repos de la vie, se mit à genoux devant Félix et inclinée lui demanda pardon.

— Vous ne m'en voudrez pas, mon ami, lui dit-elle, de vous amener par une faute à être obligé de contracter une union qui vous répugne. Félix j'ai été une insensée, une perverse; j'étais mariée et mon devoir voulait que j'attendisse la confirmation de la mort de mon mari, de même qu'il voulait que je me séparasse immédiatement plus tard quand j'ai su qu'il vivait encore. J'ai été faible, lâche, folle. Que de larmes j'aurais épargnées, que de malheurs j'aurais évités! Tout ce qui vous est arrivé de pénible, de calamités, reproches mérités de vos parents, ruine, blessures, infirmités vous est arrivé à cause de moi. Que mon repentir du moins m'excuse auprès de vous maintenant; vous aviez raison de me traiter sévèrement, je le méritais et en me consacrant à vous le reste de ma vie, je ne ferai que mon devoir.

« Je ne vous demanderai qu'une chose, Félix, en signe d'oubli et de pardon, ce sera à votre tour de vous incliner avec moi devant cet enfant, cet homme aujourd'hui, qui a été le premier et qui est encore le dernier outragé par moi et par vous puisque nous lui avons enlevé les soins et la réputation de sa mère après avoir chassé son père. Il représente ici les droits de Marius qui nous parlera du fond de la tombe par sa bouche. Henri que diras-tu au mari de ta mère, au père de ta petite Jeanne?

L'enfant sanglotait, mais relevant à ses derniers mots la tête avec la fière énergie de sa mère il avança vers l'aveugle et lui prenant la main :

— « Je suis déjà soldat et fils de soldat, les soldats ne s'en veulent pas entre eux et se pardonnent plus aisément leurs fautes que tous autres, je ne puis que respecter et aimer un soldat. »

Jeanne avait pris sa mère par la robe et la rapprochait de toutes ses forces du groupe formé par son père et son frère.

Félix ne répondit rien, il n'avait rien à dire en présence de l'humilité de sa femme se donnant tous les torts, en face du respect qui lui était témoigné par un enfant qu'il avait toujours traité en ennemi. Sa conduite passée lui apparaissait sous son véritable jour; il vit encore du bonheur avec une femme aussi généreuse, en présence de l'avenir d'Henri, gloire future de soldat qui rejaillirait sur lui, avec l'affection de sa Jeanne qui lui était complètement rendue depuis qu'il ne la séparait plus dans son cœur de ses deux grands amours : sa maman Hélène et son Henri.

XXI

Les années se sont écoulées avec rapidité, poussées par la main impitoyable du Temps qui les abrège d'autant plus qu'elles sont plus heureuses. Des événements racontés précédemment il ne reste qu'un souvenir lointain dans l'esprit des habitants de Monticourt qui en ont été les témoins. On mêle, dans les récits que l'on fait aux petits enfants sur l'époque de la Terreur, les noms vénérés de Mmes de Monticourt et du curé Bertrand à ceux de quelques Conventionnels régionaux, parfois à celui de Mlle Leclerc, et c'est tout. Le père Mathieu, la mère Gérard et les Cosson dorment depuis longtemps au cimetière sous les pervenches et le lierre, à l'ombre des vieux saules. La tombe guerrière de Marius domine avec son tertre et son casque de pierre l'ensemble des dalles grises et des croix de bois moussues.

La Chesnaie, grâce à l'appoint de l'héritage des Cosson a repris son allure aisée d'autrefois ; c'est encore la plus belle ferme à dix lieues à la ronde, tout y est ordonné par une intelligence supérieure, conduit par une main virile. Le maître c'est Mme Hélène. De la méprisée d'autrefois il n'existe même plus une ombre. On s'incline avec respect et bonheur quand elle passe car on l'aime autant qu'on la respecte. Les pauvres et les malades connaissent tous la porte de La Chesnaie. Les écoles et l'hôpital du château de Monticourt ont encore été embellis et augmentés à l'occasion de la première communion de Jeanne et à la promotion d'Henri au grade de sous-lieutenant. Mme Hélène est la trésorière de M. le Curé, sa Providence dans les moments difficiles.

Nous sommes au mois de juin 1829, par une radieuse journée de dimanche, on est en fête à Monticourt car on y attend l'évêque du diocèse qui vient donner la confirmation aux enfants et qui a consenti à bénir, pendant son séjour, l'union de Jeanne avec le fils de Maître Raymond. Ce sera tout à la fois une joie pour le pays et une joie pour la famille qui y est le plus aimée.

Dans la grande cour de La Chesnaie un vieillard simplement vêtu mais décoré du ruban rouge se promène au bras d'un beau jeune homme à l'allure martiale ; ce sont et Félix Cosson et le capitaine Gérard. Car il a fait son chemin et rapidement le fils de Marius ; énergique, modeste, âpre au travail, il veut tenir sa promesse de bercer plus tard sa mère adorée dans des bras de général. Une gracieuse jeune fille, brune, élancée est venue les rejoindre ; Mme Hélène de son côté s'absorbe dans les préparatifs de ce jour si important pour les mères, le mariage de leur fille.

Jeanne se réjouit de la permission de sortir qui lui a été donnée, sa mère restant seule chargée des travaux et elle veut en profiter pour faire une grande promenade dans les bois, ces bois immenses, profonds, frais et sombres qui sont la richesse de Monticourt et qui l'entourent d'un cercle ondoyant de verdure.

Le capitaine et le vieillard partirent en avant, Jeanne suivit par derrière en mettant son chapeau de paille.

Ils passèrent par le verger maintenant planté régulièrement, entretenu, luxuriant, et sortirent par la petite porte s'ouvrant le long des murs et donnant accès à la campagne, cette petite porte qu'avait ouverte Hélène ce soir d'autrefois où elle avait été rejointe par Félix.

Dans l'ombre du fossé, au milieu des hautes orties et des ronces traînantes, une vieille femme ridée, jaunie, étrangère au pays était assise sur un paquet de sarments laissés là depuis la dernière vendange. Elle leva la tête au bruit que fit l'huis roulant sur ses gonds rouillés et regarda ceux qui sortaient. Un sourire sardonique et méchant plissait ses lèvres, ses yeux se clignaient avec un tremblement presque imperceptible mais suffisant pour voiler l'aigu du regard ; elle se souleva en geignant et fit un mouvement comme pour demander l'aumône.

Le capitaine et Cosson passèrent avec un bonjour pour la pauvresse ; toujours bonne, affectueuse comme Hélène, Jeanne s'approcha avec sa petite bourse et tendit quelques sous en disant :

— Vous êtes fatiguée ou malade peut-être ma brave dame, pourquoi rester ici, entrez donc à la ferme en faisant le tour des bâtiments, vous vous reposerez et vous mangerez un peu, ma mère vous recevra bien, je vous assure, et vous ne trouverez pas de gros chiens pour aboyer après vous.

— Ta mère, petite, moi demander quelque chose à ta mère, glapit la vagabonde, jamais par Dieu. A chacun son tour, j'ai nocé pour ma part je crève maintenant seule comme un chien tant pis pour moi, mais lécher les mains pour avoir des os ça ne m'ira jamais. Ta mère, je la connais bien, c'est Mme Hélène Cosson. La farceuse, elle en faisait voir de grises à ce malheureux Marius ; elle l'a chassé et elle est cause qu'il est mort. Elle ne demandait que cela pour épouser l'autre.

Jeanne avait reculé afin de ne plus entendre ; quelle était donc cette créature qui insultait sa mère quand tout le monde au contraire la bénissait, ce ne pouvait être qu'un démon en jupons ? Eperdue, tremblante, elle s'enfuit pour rejoindre les hommes éloignés déjà.

— Oh ! tu n'as pas besoin de te sauver

si vite la belle enfant, je ne veux pas te manger, cria la vieille.

La pauvre Jeanne contint ses larmes en approchant de son père et de son frère ; elle ne voulait pas les attrister par le récit de ce qui venait de lui être dit. Sans comprendre toute la portée des paroles méchantes de la vieille, elle y pressentait des abîmes d'ignominie et de haine. Jeter de la boue sur sa mère ! Cela lui semblait aussi affreux que si elle eût vu piétiner des fruits et des fleurs, arracher le pain à la bouche d'un enfant. Pouvait-il donc exister des créatures humaines faisant le mal pour le mal, se plaisant à tout salir comme il y a des animaux pour baver et dévorer ? Le plaisir qu'elle se promettait était gâté et elle se demanda dès lors avec angoisse si la mendiante ne se retrouverait pas le soir au passage ; elle ne voulait à aucun prix que son père et Henri entendissent les insultes qui avaient été jetées tout à l'heure à la face de sa mère et avaient rejailli jusqu'à elle. Comment faire pour éloigner cet oiseau de malheur, étouffer cette voix infernale ?

Elle devait encore la revoir cette malheureuse, elle devait encore entendre sa voix, mais à un moment où il lui serait impossible de la faire taire, à une heure terrible où s'achèverait dans les gémissements, ce concert affreux dont elle venait de recueillir les premières notes.

La chaleur était accablante, la terre fendillée demandait de l'eau : des champs d'épis brûlés, des herbes échauffées montaient des senteurs ardentes ; on cherchait involontairement de l'air respirable dans l'atmosphère embrasée et de l'ombre pour s'y cacher. Aussi fût-ce avec une inexprimable satisfaction que nos promeneurs atteignirent la lisière de la forêt et s'engagèrent dans une route forestière étroite et feuillue, toute tapissée de mousse, parfumée de scabieuses, tachetée de papillons voletants, dans une de ces routes qu'on appelle en Champagne une *tranche*. Pas un bruit, du silence partout, quelquefois le coup de bec sec et répété d'un pic creusant l'écorce d'un chêne, un merle fendant l'air d'un taillis à un autre, une branche morte dégringolant sur les fougères et c'était tout.

Henri engagea sa sœur à cueillir des fleurs pour sa mère et l'aveugle manifesta le désir de manger des fraises de bois si savoureuses, si odorantes. Henri tressa immédiatement avec des joncs un petit panier comme il en avait tant fait jadis dans ses promenades solitaire de La Grange aux Bois, le tapissa de larges feuilles et le remit à la complaisante jeune fille qui s'enfonça aussitôt dans le taillis.

Les promeneurs marchaient doucement sur l'herbe, Jeanne entrait et ressortait des buissons en les suivant, et son petit panier s'emplissait. Son frère inquiet remarqua qu'elle n'avait pas ses cris de joie habituels, qu'elle ne bondissait pas ici et là comme il la lui avait vu faire la veille encore ; il ignorait le gros chagrin que la pauvre enfant renfermait en son cœur.

Une belle clairière aux chênes séculaires dont les troncs luisaient, avec son long poteau indicateur et sa maisonnette de garde autour de laquelle picoraient les poules, invita tout le monde à se reposer. Henri conduisant l'aveugle hâta le pas, pendant que sa sœur disposait fleurs et fruits sur des fagots entassés pour sécher.

Quelques fraises lui manquaient encore pour finir sa petite corbeille, elle les chercha immédiatement autour d'elle dans les feuilles mortes et à travers les brindilles de bois, en plein soleil ; des fraisiers montraient leurs feuilles roussies et leurs petites têtes rouges çà et là. La jeune fille poussa tout à-coup un léger cri en se relevant et porta la main à ses lèvres ; elle n'avait rien vu, mais avait ressenti une forte douleur à la paume de la main où se voyait une petite plaie à peine saignante et violacée. Elle suça légèrement, reprit ses fraises sans s'effrayer et courut près de son frère pour lui montrer sa blessure. La main enflait peu à peu.

Inquiet, Henri retourna à l'endroit où sa sœur s'était reposée la dernière fois en écartant les touffes de fraisiers ; il renversa les fagots desquels s'échappa une vipère noire et sa nichée. Rendu furieux et attentif par la présence de ses petits, le reptile avait mordu à distance, et rapide comme l'éclair, puis s'était dissimulé à nouveau. Il n'y avait plus à hésiter, ni à douter.

Domptant cependant son émotion pour ne pas épouvanter sa sœur et activer ainsi l'effet du mal, l'officier se précipita vers elle et l'entraîna dans la maison forestière en appelant Félix. Tout en lui parlant d'insecte il lava la plaie, et fit une forte ligature au poignet et frotta la chair avec quelques herbes aromatiques qu'avait immédiatement apportées la femme du garde. On attelait pendant ce temps le baudet à la charrette et l'on reprenait le chemin de Monticourt aussi vite que possible.

Livide et tremblant, le père soutenait sur ses genoux la tête de sa fille souriante encore, Henri activait la course de l'animal qui traversait chemins et marais, prés et terres labourables avec un galop saccadé. Comme on approchait de la ferme, des frissons commencèrent à secouer la pauvre fiancée, des envies de vomir la torturèrent et son œil devint vitreux pendant que le bras prenait une teinte noirâtre.

En un clin d'œil elle avait été portée sur son lit, des remèdes énergiques lui étaient administrés, mais ce fût presque déjà un cadavre que reçut entre ses bras la mère infortunée qu'on était allé prévenir. A sa suite, profitant du désordre général, une mendiante inconnue des domestiques s'était glissée dans la chambre et dardait de loin un regard étrange sur cette scène d'épouvante. Sous l'empire d'une crise plus violente la malade se souleva et ses yeux voilés reprenant un instant de fixité s'arrêtèrent avec terreur sur la vieille qu'elle désigna du doigt par un geste intraduisible de dégoût et de malédiction. Tous se retournèrent et Hélène tomba le front contre terre avec un grand cri, cri de crucifiée, fait de repentir et d'agonie : Le châtiment ! dit-elle.

La pauvresse, Mademoiselle Leclerc, avait déjà disparu.

Le surlendemain au lieu d'hymnes joyeux et de bruits de fête, La Chesnaie retentissait de sanglots et de prières funèbres, on y semait des roses sur le linceul de laine blanche au lieu de fleurs d'oranger sur la moire de la robe nuptiale. La contrée entière suivait et partageait ce deuil cruel et inattendu. L'officier brisé par la douleur ne pouvait consoler Félix que ce coup terrible avait tué et dont on pouvait déjà prédire la fin prochaine. La mort avait pour ainsi dire passé du cadavre de sa fille dans ses veines. Il ne marchait plus il se traînait, balbutiant, hébété, glacé : Hélène, toujours la même, se retrouvait sous le fouet impitoyable du malheur, la femme héroïque d'autrefois. Après un instant de prostration, ce mot de châtiment qu'elle avait déjà prononcé lui servant de guide, de consolation, de fortifiant, elle était redevenue la vigueur des abattus, l'espérance des désespérés, la paix des affligés.

Le matin même un corps raidi avait été relevé dans la rosée des broussailles et la charité de la repentie offrait à son bourreau, Mademoiselle Leclerc, l'oiseau de malheur des derniers jours, l'éternel repos de la terre chrétienne.

XXII

Les uns après les autres, amis, parents, fiancé, fils quittèrent La Chesnaie sombre et muette désormais ; Hélène resta seule avec son deuil et son devoir. Elle soigna de longs mois, résignée, son mari paralysé et inconscient puis le conduisit comme les autres au champ du repos. De son passé il ne lui restait donc rien ; Dieu avait voulu que les moindres traces du scandale et de la faute disparussent, entraînant avec elles le bonheur qu'elle avait cru un instant ramener sous le toit souillé, à force de charité et de repentir. Le fils légitime, le représentant du mari, l'incarnation du devoir, demeurait seul au milieu des ruines entassées, des tombes refermées, des chers aimés pour toujours disparus.

Hélène ne jugea pas la séparation encore suffisante, et avant de quitter Monticourt, qu'elle ne voulait plus revoir, pour rejoindre son fils errant selon les besoins du service de son pays, elle a fait graver sur des tables de marbre noir le résumé de sa lamentable histoire. Sans respect humain, elle a voulu apprendre par une confession publique aux filles, aux femmes, aux mères de l'avenir où est le devoir véritable, le seul et unique bonheur dans ses sacrifices mêmes qu'il soit donné à l'humble humanité de goûter ici-bas. La chapelle qui recouvre les restes de Marius, du père Mathieu, de Félix et de Jeanne tous réunis dans la communauté de la mort, contient cette page admirable d'humilité, de repentir, d'affection et de relèvement.

Après avoir vendu l'ensemble de ses propriétés et donné aux pauvres tout ce qu'il lui fût possible, Hélène partit, sinon joyeuse du moins résignée, pour le Midi de la France, où se trouvait alors Henri. Les larmes du soldat coulèrent longtemps en recueillant pour toujours près de lui cette mère chérie et martyre, dont la présence et le cœur résumaient un demi-siècle de vertu et d'héroïsme mais représentaient pour lui la patrie, l'air natal, le foyer, et aussi le père mourant à peine entrevu, la sœur aimée. Oh ! cette mère à la figure si noble, au regard si franc, au cœur si généreux, était-ce bien elle qui autrefois lui avait fait, à lui enfant, une confession douloureuse ? Cette femme si forte avait-elle jamais pu faillir, et qu'était-ce donc alors que l'humanité ? Voilà ce que se demandait le brillant soldat en serrant la tête blanchie d'Hélène et en se rappelant immédiatement que tous nous sommes faits de misères et que lui aussi à un moment donné, sous l'empire d'excitation passagère eût peut-être quitté son drapeau pour un mirage trompeur.

Sa promesse d'autrefois le généreux fils de Marius était en train de la tenir et les étoiles du commandement brillaient déjà pour lui dans le lointain. Rassuré sur sa mère, plus calme, étouffant ses chagrins passés, il se remit plus que jamais à la besogne, à aimer et servir : Le devoir. Quand le régiment ne le retenait plus il emmenait Hélène au loin, bien loin dans la campagne, au milieu des bouquets d'arbres et des champs de blé mûr rêver un peu de Monticourt en face des horizons reposés de la campagne qui sont à peu près tous les mêmes dans la patrie française. Ils reparlaient de Monticourt, des promenades solitaires à la tombe du lieutenant, de la Grange-aux-Bois, de la chère petite sœur ; et toujours avec un tact dont le cœur de la mère lui savait un gré infini le fils aimant glissait rapidement sur les faits ou laissait endormir les souvenirs qui eussent pu rappeler, à celle qui l'avait environné d'une tendresse si jalouse, une défaillance ou un deuil. Quelle mystérieuse affinité, quelle tendresse particulière y a-t-il donc entre les cœurs de mères et les cœurs de fils de préférence à tous autres ? La femme se sent heureuse d'une joie incomparable en s'appuyant sur l'homme fort et brave qu'elle a mis au monde, elle éprouve un sentiment incomparable de sereine tranquillité, d'inébranlable appui, de confiance et d'amour sans bornes. Il y a dans cette affection de la veuve surtout pour le fils unique, un ensemble merveilleux, un harmonieux mélange des sentiments les plus intimes, les plus doux, les plus élevés de l'âme humaine

Hélène rendait en soins attentifs et empressés à son fils toute l'affection et tout le respect dévoués qu'il lui témoignait ; elle le soignait comme si le robuste homme de guerre eût encore été un enfant délicat. Elle lui avait donné la vie et continuait à lui souffler encore un peu chaque jour de son âme. L'absorption lente des qualités d'intelligence et de cœur de la mère par le fils était sans fin, ils vivaient de la même vie, leurs doux cœurs battaient les mêmes pulsations. Le corps entier des officiers s'inclinait avec un sympathique respect devant cette femme voilée, dans la tournure et le regard de laquelle ils retrouvaient leur camarade estimé et chéri ; aucun ne doutait que c'était près d'elle qu'il avait pris de même que les traits physiques la hauteur de vues et la grandeur d'âme qui le distinguaient exceptionnellement et le conduisaient à pas rapides vers le commandement suprême.

XXIII

Les années ont coulé paisibles et douces sinon pleinement heureuses, pour la mère et le fils, le temps ce providentiel guérisseur de l'âme humaine a passé son estompe sur les reliefs trop accentués des deuils et des repentirs anciens. Hélène est devenue blanche, elle s'appuie réellement au bras d'Henri, mais le cœur et l'âme se sont encore épurés dans le dévouement maternel et la charité pour toutes les infortunes. Sa vieillesse est la vieillesse sereine des justes qui marchent sans terreur vers l'avenir, qui quittent le passé sans regrets. Dieu a du reste déjà commencé la récompense, le lieutenant Marius a depuis longtemps pardonné là-haut à la mère du général Gérard, car la promesse a été tenue, Henri est général et s'il est un peu le fils de ses œuvres il est beaucoup le fils d'Hélène qui depuis sa faute a mis dans l'accomplissement de ses devoirs envers son fils l'âpre persévérance d'une pénitente qui a soif de pardon. Aimé de tous, estimé de tous, préféré des humbles surtout, des plus vulgaires troupiers pour lesquels il est un modèle, le général Gérard partage sa vie entre ses deux seules affections, son pays et sa mère. Il est prêt à tout pour le bonheur de l'une et le salut de l'autre.

Commencé au milieu des agitations des premières années du siècle, des triomphes et des revers impériaux, notre récit va s'achever dans les levées de boucliers d'un second Empire. La France a porté ses tentes sur les rives de la mer Noire et les aigles napoléoniennes planent de nouveau au-dessus des cités immenses, des coupoles dorées et des steppes de neige de la sainte Russie. Les soldats d'Albion et les enfants de Lutèce se battent avec acharnement contre les Cosaques des Tzars.

La division du général Gérard a été appelée une des premières sur le théâtre de l'action et c'est avec bonheur que le vaillant officier a accueilli cette nouvelle, l'occasion lui semblant magnifique de se dévouer une fois encore et d'une façon plus éclatante que jamais à sa patrie.

Au moment où tous ces préparatifs terminés, tous ses ordres donnés, il venait dire un dernier adieu à sa mère pour laquelle il s'était ménagé une soirée, il trouva la courageuse femme en train de régler ses comptes avec le propriétaire de l'habitation qu'ils occupaient. Il attendit le départ de celui-ci pour lui en témoigner sa surprise, mais réfléchissant en même temps qu'Hélène avait résolu sans doute d'aller passer les jours noirs de l'absence périlleuse loin d'une ville de garnison ordinaire, peut-être de retourner même quelque temps revoir le pays natal. Hélène prit la première la parole :

— Cela t'étonne, mon cher ami, de me voir, moi aussi, m'apprêter pour un départ. Ecoute-moi et ne m'interromps pas alors même que ce que je vais te dire pourrait te sembler étrange. Tu sais d'abord que les voyages ne m'effrayent pas, ma vie n'a été pour ainsi dire qu'un continuel déplacement. Je ne suis plus jeune, c'est vrai, mais je résiste encore fort bien à la fatigue et la mort surtout ne me fait pas peur. Or donc, je me dis que gâtée par toi, je me rouillais ici depuis longtemps, que je me rouillerais peut-être encore davantage après ton départ, m'agitant dans le vide, anxieuse, inoccupée. Ma loi en ce monde, c'est l'action, le dévouement à une personne ou à une idée. Action et dévouement qui n'ont pas toujours été dirigés malheureusement dans le sens du vrai et du juste. Je connais la Russie, je puis être utile là-bas, du moins serai-je près de toi et si je meurs eh bien ! je ne ferai que comme ton pauvre père, j'accomplirai une destinée qui sera peut-être demain la tienne et du moins j'aurai racheté ainsi non pas mes fautes personnelles mais mes fautes publiques, et aux yeux de ceux qui l'auraient maudite jadis pour son scandale, Hélène sera redevenue complètement l'Hélène d'autrefois par un peu de dévouement à la patrie. La patrie, mon enfant, cette grande famille, la famille des familles, qui ne vit, elle aussi, que de sacrifices au devoir et que tue toute répudiation, tout manquement à l'éternelle voix de l'honneur, à l'amour sacré des traditions.

Le général pleurait. Il objecta les difficultés, les fatigues, les impossibilités, rien ne put faire fléchir la volonté inébranlable de sa mère. Elle était du reste parfaitement au courant de la situation et avait réponse à chaque argument. Elle s'était informée activement et savait que plusieurs autres femmes de cœur, françaises ou anglaises, s'étaient entendues pour aller suppléer en Crimée les sœurs de charité déjà parties et comme toujours les premières à la bataille. Il fallut céder. Seuls au monde du reste, ne valait-il pas mieux qu'ils menassent jusqu'au bout leurs existences soudées l'une à l'autre ? Henri eût voulu éviter à sa mère âgée des fatigues, des dangers, il ne lui eût jamais proposé cet exil ; mais la voyant décidée la première, il fut heureux au fond de l'âme de penser qu'il la sentirait à ses côtés, qu'elle serait là pour l'ensevelir dans son drapeau s'il tombait sous la mitraille, de même que lui aussi pourrait accomplir jusqu'au dernier instant son devoir filial si la mort la frappait. Il était plus libre dans son dévouement au pays que s'il eût été obligé de combattre séparé par des distances immenses et pour des années peut-être de celle qu'il ne quittait plus.

Deux mois après le général Gérard était dans les tranchées de Sébastopol et Hélène ambulancière dans les baraques les plus exposées au feu de l'ennemi.

Sous un ciel brumeux, au milieu de la neige et d'ouragans glacés les enfants de France avançaient chaque jour, enserrant l'ennemi dans un cercle de fer et de feu. Les pertes étaient quotidiennes et cruelles, mais l'étendard national flottait toujours plus haut et plus loin. La mitraille balayait les avant-postes et bon nombre parmi les plus illustres et les plus dévoués manquaient déjà à l'appel.

Le choléra et une série de maladies contagieuses et inévitables, dites maladies d'armée, s'étaient mis de la partie et décimaient les bataillons. On luttait tout à la lois contre l'homme et contre la nature.

Pendant que les généraux en chef félicitaient leur ami Gérard sous le feu de l'ennemi, les religieuses et les malades se demandaient autour d'Hélène qu'elle était cette dévouée entre les dévouées, à quelle source cette femme puisait une énergie et une abnégation surhumaines, quelle faute cette angélique créature pouvait avoir à expier.

Un soir, après une tentative d'assaut, quelques cavaliers en larmes apportèrent, enveloppé dans son manteau, à l'ambulance d'Hélène le général Gérard auquel une balle venait de traverser la poitrine. Il ne la trouva plus debout.

Allant de l'un à l'autre, l'ange messager des mères lui avait dit sans doute de venir la retrouver. On étendit auprès de la mère que glaçait la peste, le fils s'endormant déjà du sommeil des braves. La paille et la terre battue servirent à l'entrevue suprême de cette gloire et de ce repentir, de commun appui à ces deux agonies. La mort réunissait encore ces âmes que n'avaient jamais séparées les luttes de la vie. La main dans la main, heureux et rassurés l'un sur l'autre, fiers par le devoir accompli et forts dans l'espérance ils s'en allèrent.

La volonté suprême d'Hélène fut réalisée ; la même tombe les réunit, tombe de soldats, simple et glorieuse, qu'indiquait au passant ces quelques mots, résumé de leurs deux vies :

Le général Gérard et sa mère.

N'avait-elle point été un soldat elle aussi, un soldat martyr qui méritait de dormir sous la terre du champ d'honneur ? Ce nom de Gérard qu'elle avait renié un instant, elle le reprenait pour l'éternité. Avoir été la mère d'un homme illustre, lui avoir versé goutte à goutte avec son sang et ses pensées, son courage, son intelligence, sa foi et sa vie n'était-ce pas son sublime honneur ?

Et ne pouvait-elle pas la coupable se présenter maintenant là haut, devant l'époux abandonné et outragé, devant l'obscur lieutenant Marius, son fils à la main, et lui demander s'il confirmait après Dieu ce pardon qu'il lui avait déjà donné sur la terre, s'il trouvait qu'elle avait tenu sa promesse.

Hélène Mathieu, enfant généreuse, noble jeune fille, femme aimante, mère admirable avait répondu amplement à ce que l'on pouvait attendre d'elle, de sa grandeur native tant qu'elle était restée dans les limites étroites du devoir ; elle avait faibli dès qu'elle s'en était écartée. Son exemple indique de lui-même où est la force des faibles et le remède des malades. Au mensonge, à la passion, à la douleur ce ne sont point les utopies d'ignorants, d'épicuriens et de menteurs qu'il faut opposer, c'est ce que conseille l'humble catéchisme au plus pauvre petit enfant : la foi, la charité et l'espérance.

FIN

VERDUN. — IMP. RENVÉ-LALLEMANT.

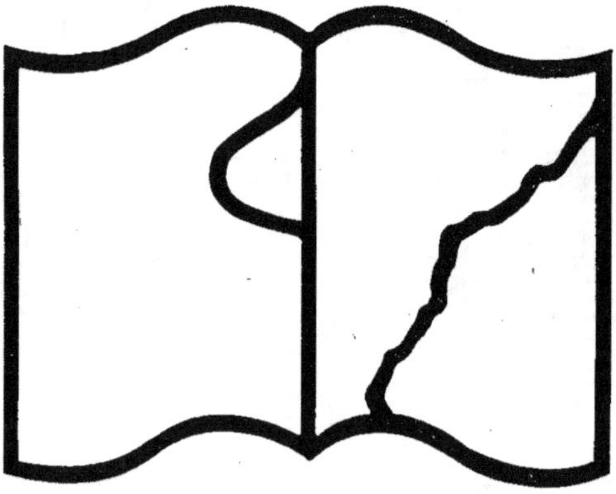

Texte détérioré — reliure défectueuse

NF Z 43-120-11

www.ingramcontent.com/pod-product-compliance
Lightning Source LLC
Chambersburg PA
CBHW061625180626
46818CB00005B/2231
* 9 7 8 2 0 1 9 5 9 9 2 9 4 *